本书获得哈尔滨工程大学中央高校基本科研业务费资助项目（项目编号：3072020CF1204）资助

西方后现代文学作品的元小说书写

孙淑娟　孙卓敏　著

哈尔滨工程大学出版社

Harbin Engineering University Press

内 容 简 介

20 世纪 60 年代以来,西方兴起了一股大规模的元小说创作热潮。元小说是"关于小说的小说",是关注小说人物的虚构身份及其创作过程的小说,它具有后现代文学的典型特征。这种自我反映式小说不注重人物塑造,不讲究故事的连贯性,只追求文本的自我揭示和语言实验,引起了世界文学界的关注和赞赏。本书通过对元小说理论文献的研究,建立元小说的理念框架;通过对元小说叙事手法和叙事策略的研究,剖析元小说书写如何对传统小说世界进行解构,如何对后现代小说世界进行重构;同时精选元小说作品进行解读。

图书在版编目(CIP)数据

西方后现代文学作品的元小说书写/孙淑娟,孙卓
敏著. —哈尔滨:哈尔滨工程大学出版社,2020.12
    ISBN 978 – 7 – 5661 – 2924 – 6

Ⅰ.①西… Ⅱ.①孙… ②孙… Ⅲ.①后现代主义 –
小说研究 – 西方国家 Ⅳ.①I106.4

中国版本图书馆 CIP 数据核字(2020)第 272097 号

西方后现代文学作品的元小说书写
XIFANG HOUXIANDAI WENXUE ZUOPIN DE YUANXIAOSHUO SHUXIE

选题策划 雷 霞
责任编辑 张 曦
封面设计 李海波

出版发行 哈尔滨工程大学出版社
社 址 哈尔滨市南岗区南通大街 145 号
邮政编码 150001
发行电话 0451 – 82519328
传 真 0451 – 82519699
经 销 新华书店
印 刷 北京中石油彩色印刷有限责任公司
开 本 787 mm × 960 mm 1/16
印 张 7.5
字 数 143 千字
版 次 2020 年 12 月第 1 版
印 次 2020 年 12 月第 1 次印刷
定 价 40.00 元
http://www.hrbeupress.com
E-mail:heupress@ hrbeu. edu. cn

序　言

后现代主义(postmodernism)是一个从理论上难以精准下定义的概念,因为后现代主要理论家均反对以各种约定俗成的形式来界定或者规范其主义。从形式上讲,后现代主义是一股源自现代主义但又反叛现代主义的思潮,它与现代主义之间是一种既继承又反叛的关系;从内容上看,后现代主义是一种源于工业文明、对工业文明负面效应的思考与回答,是对现代化进程中出现的剥夺人的主体性、感觉丰富性的死板僵化、机械划一的整体性、中心性、同一性等的批判与解构。

后现代主义文化对小说创作的影响是基于一定的文化背景进行的。例如,美国小说便表现了其具有新大陆特色的社会的各个方面,从各个时期的文学作品中可以清晰地看到文化变迁的轨迹。后现代主义是"晚期资本主义"的文化逻辑,而后现代主义小说则是与经济基础相适应的文化和文学模式。随着影视的发展和计算机的普及,文化更加大众化了。而美国大众文化对作家的创作产生的重要影响,也在小说作品中得到了体现,特别是后现代主义小说能够与大众文化达到一定程度的契合——它们都带有消解宏大叙事、摒弃深度模式,以及模糊精英文化与通俗文化之间鸿沟的特性,并在发展中相互渗透和促进。文学创作成了一种跨体裁的综合性艺术,在这种背景下出现的后现代主义小说在内容题材方面将视角伸向社会各个方面。在人物塑造上,作家所描写的人物大都是"反英雄":身世来历不明,甚至无名无姓,人物形象淡化,性格刻画消失,人物成了故事的陪衬,若隐若现,成了不可捉摸的"影子"或"代码"。在艺术手法上,后现代主义小说颠覆了传统小说的内部形态和结构,而且对"小说"这一形式和叙事本身进行反思和解构,形成"元小说"(metafiction)这一奇特的小说形式。对后现代主义作家而言,小说仅仅是无意义的符号组成,表现为文本的不确定性,语言游戏的意义靠读者的解读来实现。

在对传统小说形式与叙事技巧不断消解的同时,也创造了自己的表现手法,如戏仿、拼贴、蒙太奇、黑色幽默和迷宫等。

于是,20世纪60年代,西方进入后工业社会或称晚期资本主义社会后,元小说作家抛弃和超越了传统小说和现代主义小说的模式和技巧,构建了一种不注重人物塑造、不讲究故事的连贯性、追求文本的自我揭示和语言实验的元小说。加拿大文艺理论家琳达·哈琴(Linda Hutcheon, 1947—)提出了"历史编纂元小说"(historiographic metafiction)的概念,她认为后现代主义小说作品"既具有自揭虚构的元小说特征,又关照语言之外的历史文化与现实世界",这种历史书写架起文本与现实之间的桥梁,设置元小说的特征,采用开放式的结尾,邀请读者积极参与作品的解读。元小说的出现有力地回击了奥特加·伊·加塞特(José Ortega y Gasset, 1883—1955)"小说就要死了"的预言,"如果还没有不可挽救地枯竭,那么它肯定已经进入了最后阶段"。元小说作家们让"枯竭的文学"恢复了生机和活力。

元小说是一个讲故事的寓言,约翰·巴思(John Barth, 1930—)在《漂浮的歌剧》(*The Floating Opera*)里就写道:"天哪,一个人怎样写小说!我的意思是,如果他对事物的意义都很敏感,他怎么可能抓住那故事不放?至于我,我已经看出讲故事不是我的乐趣。"所以元小说作家们将重点放在解构传统的小说世界,重建一个新的小说世界。法国文学评论家罗兰·巴特(Roland Barthes, 1915—1980)道出了元小说的本质:"文学开始意识到自己的双重性:它既是对象,同时又是对这一对象的观照;它既是语言,同时又是对这种语言而发的言语;它既是文学客体,同时又是元文学。"学者陈世丹则认为,在元小说看来,"当代世界是一种构成品,一种技巧组合,一张相互依存的符号系统网"。

所以,本书运用马克思辩证唯物主义和历史唯物主义的方法,通过对元小说理论文献的研究,建立元小说的理论框架,客观认识、研究西方复杂的社会现实和后现代主义元小说这一文学形式。通过对元小说叙事手法和叙事策略的研究,剖析元小说书写如何对传统的小说世界进行解构,如何对后现代小说世界进行重构,同时精选元小说作品进行解读。本书涉及的作家及其作品都是笔者近些年来研究的或感兴趣想要进一步研究的作家及作品。这些元小说作品都具有极强的元小说特征和激进的实验性,虽然"碎片化"是元小说的主要特点,但是这些作品并非无意义的碎片的组合,也不是为了颠覆而颠覆,作家们用解构书写真实,用形式对抗传统文学的僵化,突破陈规、倡导革新。笔者希望借助此书帮助读者更好地理解后现代主义元小说的起源、特点、叙事策略,同时通过对元小说作家及其作品的解读,研究作品的主题、文本的结构以及作家的世界观,与读者一起在思想碰撞中找到真谛。

感谢哈尔滨工程大学中央高校基本科研业务费资助项目《后现代语境下美国华裔文学的元小说叙事研究》(项目编号:3072020CF1204)的资助。

著　者

2020 年 12 月

目　　录

第一章　后现代主义文学的兴起

第一节　什么是后现代主义

　　后现代主义作为一种文化思潮，是后工业社会的产物，也是一个从理论上难以精准下定论的概念，因为后现代主要理论家均反对以各种约定俗成的形式来界定或者规范其主义。自文艺复兴开始，科学技术革命推进了人类理性主义的发展，人们开始质疑神的存在，希望可以主宰自己的命运。后现代主义孕育于20世纪二三十年代的现代主义时期，形成于20世纪五六十年代，经过两次世界大战后几乎影响到文化领域的各个方面，后现代主义作家"意识到思想和行动需超越启蒙时代范畴"。到了战后，世界更是充满了各种不稳定性、不确定性，在反叛的价值观念影响下，吸毒、斗殴甚至暗杀事件时有发生，人们原有的价值观念和道德判断标准被彻底撕碎，一种新的看待世界的观念开始为人们所认识并逐渐融入人们的意识。这种观念到了20世纪七八十年代成为西方思想界的主要思潮，它反对各种形式的单一、固定和一成不变，强调多元、开放和改革创新，于是彻底的多元性和开放性成为知识领域和思想领域的标志。

　　从时间发展上来看，后现代主义可以理解为是对现代主义的继承与发扬，但是它与现代主义又存在本质的区别，是一股源自现代主义但又反叛现代主义的思潮，与现代主义之间是一种既继承又反叛的关系，因为它反对任何一体化的梦想，反对任何普遍的规律。从内容上看，后现代主义是一种源于工业文明、对工业文明负面效应的思考与回答。后现代主义是革命的，它深入思想与社会的核心，倡导最实质性的变革，它反对现代主义的"权威""中心""本质"和"有序"，并将之无情摧毁，是对现代化过程中出现的剥夺人的主体性、感觉丰富性的死板僵化、机械划一的整体性、中心性、同一性等的批判与解构，"消解了所有法典的合理性"也是对现代主义所追求的永恒不变的本体论和形而上学的哲学思想的批判与解构。因此，从实质上说，后现代主义取消了现代主义所确立的短暂与永恒、中心与边缘、深刻与表面、现象与本质的关系，正如著名过程哲学家、建设性后现代主义的主要代表人物格里芬(Griffin)所说:"如果说'后现代主义'这一词汇在使用时可以从不同方面找到共同之处的话,那就是,它指的是一种广泛的情绪,而不是一种共同的教条,即一种认为人类可以而且必须超越现代的情绪。"后现代主义冲破现代主义的束缚,使整个世界多元又不确定,就像现代主义的文本、表征和符号对后现代主义而言就有无限多层面的解释可能性。同时,后现代主义的无中心意识和多元价值取向模糊了评判价值的标准,使人们的思想不再拘泥于传统教条,从而得到彻底解放,也使人对于自我有了更深刻的了解。

第二节　后现代主义文学作品的演变

在后现代主义文化思潮的影响下,后现代主义作家在哲学、文艺理论和小说创作上也对传统的思想意识进行了反思。因为后现代主义是对现代主义的反叛和决裂,所以后现代作家当然也要摒弃现代主义文学的内容和形式。关于现代主义文学与后现代主义文学的关系如何界定,评论界始终无法得出一致的结论,但是由于第二次世界大战之后西方文学发展的特征已经远远超过了传统的现代主义所能涵盖的范围,因此现在比较一致的意见是将后现代主义文学看作一个独立文学思潮,和古典主义、浪漫主义、现实主义以及现代主义并举。

传统的小说必须要能讲述一个生动而有趣的故事,塑造一个或几个性格鲜明的人物形象,在某种心理的或社会的矛盾冲突之中发展情节。这种小说的写作方法是以人物为核心,故事情节只能围绕人物而展开,所以小说中的人物,尤其是主人公,必须生活在特定的环境中,通常具备与众不同的特征。在叙事上,现实主义小说以模仿或再现客观现实为基本原则,情节的展开和事件的发展是按照现实的时间顺序安排的,体现为线性叙事、因果逻辑,这种时空结构把读者紧紧地束缚在日常现实之中,读者只能看到生活的表面现象而无法领悟到隐藏在这种现象之后的生存的深刻意义。它叙事的目的在于引导读者得出明确的道德结论,从而达到教化的目的。而文学艺术作为人类社会在特定历史时期的产物,也在不断地发展和创新,传统的文学价值观和审美观从 19 世纪末起就受到了现代主义文学的有力挑战。现代主义文学思潮使小说的创作手法、思想内容、表现形式、艺术风格等都产生了根本性变革。

现代主义小说家们认为,小说的根本任务在于表现日常生活表象掩盖下的人的内心活动,所以大部分篇幅被用于表现人对外在的混乱荒诞的现实的体验、感受和反思,探索人的内心隐秘,揭示人的绝望和危机感。因为人的内心世界不受现实时空的束缚,所以现代主义小说家在小说的结构、技巧和语言方面进行了革新,打乱、颠倒了现实事件的顺序,使过去、现在和未来任意交错。

基于此,后现代主义精神与现实主义相去甚远,但在表现手法上却有着许多相通之处。产生于拉丁美洲的魔幻现实主义就是后现代主义与现实主义神奇结合的产物。魔幻现实主义是后现代文化的产物,其总体精神及创作方法都具有鲜明的后现代特征,但是,魔幻现实主义作家从来就没有远离过现实主义。

"魔幻现实主义首先是对现实的一种态度。魔幻现实主义作家面对现实,力图深入现实,去发现现实中、生活中、人类活动中的神秘所在。"魔幻现实主义作家大都非常关心国家和人民的命运,创作目的明确,具有强烈的责任感和鲜明的爱憎观念。赫伯特·林登博格(Herbert Lindenberger)在《走向文学研究的新历史》(*Toward a New History in Literary Study*)中对历史与文学领域的新历史主义做了这样的描述:"新历史主义的实践者们都是在 20 世纪 70 年代的理论氛围中成长起来的,这一时期的文学作品已经丧失其以往的有机整体性,文学作为一个有机的知识体系已经打破了传统的界限,因而也放弃了其对知识的诉求,而只是一个虚构的存在物。"魔幻现实主义作家不同于典型的西方后现代主义作家,他们并不热衷于描写个人内心的非理性的"变态"心理,而是牢牢扎根于客观现实,尽情地揭露当代的社会问题,表达作家对人民的同情,对国家与民族命运的思考。

加夫列尔·加西亚·马尔克斯(Gabriel García Márquez,1927—2014)的《百年孤独》(*Cien Años De Soledad*)通过对布恩地亚一家七代人离奇曲折的遭遇和充满传奇色彩的坎坷经历的描写,展现了加勒比海沿岸小城马孔多百余年的历史变迁,反映了哥伦比亚农村从 19 世纪到 20 世纪的百年沧桑,表达了作者渴望和平、痛恨社会动乱、憎恶战争、反对外来势力侵略、主张民族独立和团结的思想,小说中的现实主义因素非常突出。

现代主义在文学创作中的创新一旦被模仿和运用便成了僵死的模式,难以走出困境,于是后现代主义小说便产生了。但是,现代主义文学与后现代主义文学似乎只是在"求变"的自觉程度上存在差异,并不能将二者严格地分开,因为几乎所有的后现代主义作家都受到过现代主义作家的影响,而许多现代主义作家又常常在他们的作品中表现出某种后现代色彩。爱尔兰作家詹姆斯·乔伊斯(James Joyce,1882—1941)是现代主义的经典作家,也是后现代文学的奠基者之一,其作品及"意识流"思想对世界文坛影响巨大。他的《芬尼根的守灵夜》(*Finnegans Wake*)常常被视为英美后现代主义文学新纪元的开始,故事以壹耳微蚵断断续续的梦境开始,乔伊斯试图通过他的梦来概括人类全部历史,他将意识流和梦境式的写作风格发挥到了极致。小说彻底背离了传统的小说情节和人物构造的方式,乔伊斯曾把书里的环境称为"由他们的相似和他们伪自我的他我构成的迷宫"。的确,《芬尼根的守灵夜》一改小说的传统美学原则,整部作品充满了不确定的因素,体现了"以自我为中心的现代主义"向"以语言为中心的后现代主义"的过渡,在语言和历史迷宫中,诠释圣典并揭示人类命运的奥秘。

后现代主义小说是西方工业社会和第二次世界大战的产物,资产阶级一方面依靠科技建立了庞大的工业生产体系,推动着社会的快速发展;另一方面,把科技和理性变成了获得私利和殖民掠夺的工具。从而使国内的危机和矛盾不断激化,也加深了各资本主义国家瓜分世界市场的不平衡状况,最终导致世界大战的爆发,7 000多万人死于现代科技武器,人沦落为理性和机器的奴隶,社会的政治、经济矛盾不断加剧,这使得人们不得不用怀疑的眼光重新审视科技理性。随着西方社会高度机械化,人失去了主体性、选择性,成为哲学家赫伯特·马尔库塞(Herbert Marcuse,1898—1979)所说的"单面人"。资本主义的社会矛盾和政治矛盾不断激化,美苏两个超级大国"冷战",暗杀事件频繁发生,美国第35任总统约翰·肯尼迪和黑人民权运动领袖马丁·路德·金都相继遭暗杀,加剧了美国社会的动荡。工业的发展导致资源几近枯竭,工业废物的污染还恶化了自然环境和人们的生活环境。所以在尼采(Nietzsche,1844—1900)喊出"上帝死了"之后,后现代人们不禁感叹"人也死了",后现代小说家们甚至质疑"小说死了"。1967年,约翰·巴思在其《枯竭的文学》(The Literature of Exhaustion)中提出,美国当代作家面临着文学的枯竭,小说的模式已用光了,作家不得不重新评估故事的连贯性、众所周知的结构和老生常谈的结局。后现代小说家们将人们的强烈不满和反思写入小说中,重建了叙事小说的形式,成就了很多经典之作。

1961年,约瑟夫·海勒(Joseph Heller,1923—1999)发表了长篇"黑色幽默"小说《第二十二条军规》(Catch-22),轰动文坛,标志着美国后现代主义小说正式走进了美国文学。英国作家约翰·福尔斯(John Fowles,1926—2005)被认为是"第一位后现代主义作家",他创作的长篇小说《法国中尉的女人》(The French Lieutenant's Woman)是反击20世纪60年代"文学衰竭论"和"小说困境论"的一部力作。

《第二十二条军规》以第二次世界大战为背景,通过对驻扎在地中海一个名叫皮亚诺扎岛(此岛为作者所虚构)上的美国空军飞行大队所发生的一系列事件的描写,揭示了一个非理性的、无秩序的、梦魇似的荒诞世界。海勒摒弃了现实主义的传统模式,采用了"反小说"的叙事结构。作者不关注情节的时间顺序,叙述支离破碎,情节松散凌乱,没有中心故事或中心情节,作者有意用外观散乱的结构来显示他所描述的现实世界的荒谬和混乱，其中却寓有深刻的哲理思考。在美国的现实世界里，到处都有"第二十二条军规"，到处都存在着让人啼笑皆非的专横和残暴，以及使人无法摆脱的荒谬。

《法国中尉的女人》则突破了西方小说传统的叙事方式，起用了三位叙述者，站在不同的立场进行叙述，并不断拆解、推翻其他叙述者的叙述，充分地向读者揭露了该小说的虚构性，激发了读者的阅读兴趣，整个文本呈现多元化、开放式结构，对该小说的创作意图和创作过程加以评论和反思，对作者的权威性进行自我暴露和自我消解。《法国中尉的女人》开创了英国小说创作新时代，成为反击文学枯竭论的力作。

这之后，诸多后现代主义小说家纷纷打破原有的叙事框架，将历史与想象相结合、现实与虚幻相结合，正如德国媒介理论家、现代媒介理论发展的开创性人物弗里德里希·基特勒（Friedrich Kittler，1943—2011）在《后现代艺术存在》（*Existence of Postmodern Art*）中所说，后现代主义小说"摧毁了现代主义艺术形而上的常规，打破了它封闭的、自满自足的美学形式，主张思维方式、表现方法、艺术体裁和语言游戏的彻底多元化"。后现代主义重建后现代主义小说世界，使小说创作走出了困境，成为具有国际影响的小说流派。后现代主义文学怀疑任何一种连贯性，正如唐纳德·巴塞尔姆（Donald Barthelme，1931—1989）所说的，"'拼贴原则'是20世纪一切艺术手段的中心原则，只有碎片才是唯一可信的小说形式"。后现代主义小说常以极简短的互不衔接的章节、片段组成，并从编排形式上来强调各个片段的独立性。他们有时甚至把几种可能性组合排列起来，以显示生活和故事的荒谬。戴维·洛奇（David Lodge，1935—）是英国著名的小说家和文学评论家，他的"校园三部曲"之一的《小世界》（*Small World*）就是以"圣杯传说"为叙事结构，多条线索齐头并进。在小说中，许多人物进行漫长的旅行，在不同的地点、不同的聚会中频频相遇，发生纠葛，既保持故事的连续性，又使读者深感兴趣。这种写作方法使作者可以以作品本身体现对后结构主义的否定，一切词语既是能指又是所指，语言无确定意义，写作如文字游戏，读者可以赋予文本以任何意义，而意义永远处于解构过程之中。作者在叙事中打破传统时空关系，不注重时间的连续顺序，强调事件在空间中的真实存在，就像运用了电影的蒙太奇式剪辑手法一样。爱尔兰作家塞缪尔·贝克特（Samuel Beckett，1906—1989），更是从一开始就选择了一条远离传统现实主义的道路。他的小说大多采用一种环形封闭的结构，情节不断繁衍而又不断消解，主要情节被不断扯断又重现，直至被叙事彻底解构。他在《华特》（*Watt*）里有整整一页半如下的叙述："至于他那两只脚，有时每只脚都穿一只短袜，或者一只脚穿短袜,另一只脚穿长袜,或一只靴子,或一只鞋,或一只拖鞋,或一只短袜和靴子,或一只短袜和鞋子,或一只短袜和拖鞋,或一只长袜和靴子……"因为他觉得在这个世界上找不到哲学的次序,这种"荒诞"观体现了西方世界普遍性的精神危机和悲观情绪。

弗雷德里克·杰姆逊(Fredric Jameson,1934—)在《后现代主义与文化理论》(*Postmodernism and Theories of Culture*)里这样描述后现代世界,"从文化上来说是没有什么现实感的,因为我们无法确定现实从哪里开始在哪里结束。正是在这里,有着后现代主义理论中最核心的道德、心理和政治的批判力量。这一理论探讨的不仅是艺术作品的非真实化、事物的非真实化,还包括形象——可复制的形象对社会和世界的非真实化;最终,这一理论必须讨论类象的巨大作用"。而基特勒认为,"我们只存在于现时中,没存在于历史中;历史只是一堆文本、档案,记录的是确已不存在的事件或时代,留下来的只是一些纸、文件袋"。而后现代主义正是如此,只承认文字、文本,所有的一切都是文本,服装、道具、人体、行为都是文本,历史只是一堆素材,为叙事的文本提供符号,后现代现实世界的荒谬只能通过文本来揭示。

总的来说,后现代主义文学是对现代主义文学的继承、超越和背离,它们都以非理性主义为基础,表现出激烈的反传统倾向。后现代主义文学具有明显的虚构性与荒诞性特征,主张元小说创作,在展示虚构的同时,发掘"叙事的固有价值"。元小说是对小说这一形式和叙事本身的反思,对小说的传统形式进行了解构和颠覆,使文学成了玩弄读者、玩弄现实、玩弄文学规则的游戏,以此表现对现实生活的反抗,从而保持最充分的自由度。后现代主义文学注重艺术形式与艺术技巧的创新,表现出不确定的特征。作品内容被形式所替代,即被文体的词语、语法、反讽性修辞效果所替代。写作态度与叙事的形式趋于同步,文学观念首先是作为创作主体自身快乐的一种游戏意识形式而出现的。后现代主义文学的基本特征可以概括为创作原则的不确定性、创作方法的多元性、语言实验和话语游戏。

英国当代著名的学者型作家戴维·洛奇将后现代主义创作中的随意性、不确定性、无选择性的表现方法归纳为六条原则:即矛盾(文本中的各种因素互相冲突背离)、排列(把几种可能性组合排列起来)、变更(对同一文本中叙述的事,可以更换不同的可能性,变更内容、情节,断裂作品叙述前后,丧失必然性,没有因果关系)、随意(文本的随意组合,如可以任意拆装组合的"活页小说"等)、过度(有意识过度夸张性地运用某种修辞手法)、短路(情节内容在发展进程中突然中断,让读者参与到对文本的阐释、解析与再创作过程中),其作品总体上体现出反讽嘲弄、黑色幽默的美学效果。

参 考 文 献

［1］利奥塔.后现代主义［M］.赵一凡,译.北京:社会科学文献出版社,1999.

［2］ROSENAU P M. Post‑Modernism and the Social Science［M］. Princeton:University Press,1991.

［3］张国清.中心与边缘:后现代主义概论［M］.北京:中国社会科学出版社,1998.

［4］HASSAN I. The Postmodern Turn:Essays in Postmodern Theory and Culture［M］. Columbus:Ohio State University Press,1987.

［5］柳鸣九.从现代主义到后现代主义［M］.北京:中国社会科学出版社,1994.

［6］杰姆逊.后现代主义与文化理论［M］.唐小兵,译.北京:北京大学出版社,1997.

［7］陈世丹.美国后现代主义小说艺术论［M］.大连:辽宁师范大学出版社,2002.

［8］杨仁敬.美国后现代派小说论［M］.青岛:青岛出版社,2003.

［9］NEWMAN C. The Post‑modern Aura ［M］. Evanston:Northwestern University Press,1985.

［10］MCHALE B. Constructing Postmodernism ［M］. New York:Poutledge,1992.

［11］JAMESON F. Postmodernism or the Cultural Logic of Late Capitalism ［M］. Durham:Duke University Press,1992.

［12］SPILKA M. Towards a Poetics of Fiction［M］.Indiana:Indiana University Press,1977.

第二章　元小说的理论框架

第一节　元小说的定义

后现代主义小说走进我们的视野,与我们读过的马克·吐温(Mark Twain, 1835—1910)的批判现实主义小说、威廉·福克纳(Willian Faulkner,1897—1962)的现代主义小说有很大的不同。它们在主题思想、人物塑造、情节结构、语言风格和表现手法等方面存在明显的差异。

20 世纪 60 年代以来,美国进入后工业化时期或称晚期资本主义时期。美国小说家们抛弃和超越了传统小说与现代主义小说的模式和技巧,构建了一种不注重人物塑造、不讲究故事的连续性、追求文本的自我揭示和语言实验的元小说,引起了各国文坛的关注和赞赏。这种作品呈现出一种游戏的态度和自我意识,有意识地展示其"人为性",将小说创作的过程暴露在读者面前。经典的作品有约翰·福尔斯的《法国中尉的女人》、库尔特·冯内古特(Kurt Vonnegut,1922—2007)的《五号屠场》(*Slaughterhouse—Five*)、托马斯·品钦(Thomas Pynchon,1935—)的《V.》、弗拉基米尔·纳博科夫(Vladimir Vladimirovich Nabokov,1899—1977)的《微暗的火》(*Pale Fire*)、巴赛尔姆的《白雪公主》(*Snow White*)等。

美国小说家兼评论家威廉·加斯(William Gass)在他的论著《小说与生活中的形象》(*Fiction and Figures of Life*)中首次把"元小说"作为一种文学术语提出来。1970 年,他在发表的评论文章《哲学和小说形式》(Philosophy and the Form of Fiction)中谈道:"数学和逻辑学有元定理,伦理学有语言超灵,到处都在创造术语的术语,小说也一样。"他还谈道:"许多'反小说'都是地地道道的元小说。"拉里·麦卡弗里(Larry Mccaffery)指出,自"元小说"的概念被提出后,美国后现代主义小说不再是单纯地研究主题、叙事,而是"研究小说理论体系、小说的创作过程,以及小说对现实的改造和它借助叙事结构和叙事传统对现实的过滤"。

所谓"元小说"又译作"超小说"、"自我衍生小说"(self - begetting novel),是对自身作为人工虚构物的强烈自我意识的表现。在希腊语中,"元"(meta)是作为前缀使用的,是"在……后"的意思,表示一种次序,因而也就带有结束、归纳、总结的意思。元小说的流行表明人们看到语言和世界的关系不再是透明的、真实的反映,而是受话语控制的,所以"元小说"又译"元叙述",或称"后设小说"。20 世纪 70 年代后,元小说多被定义为"自我意识小说"(self – conscious fiction),即"关于小说的小说"。

1984 年,英国批评家帕特里夏·沃(Patricia Waugh)在他的著作《元小说:自我意识小说的理论与实践》(*Metafiction: The Theory and Practice of Self – Conscious Fiction*)中赋予元小说以一个文学创作的术语。学者李丹总结了他所解释的"元"这个术语:"当今人们对话语和经验的日益增长的'元'意识,是社会和文化日益增长的自我意识的结果。然而,它也反映了当代文化另一种更为清醒的意识,这就是关于语言具有建构和维持我们对'现实'的感觉的功能。认为语言被动地反映一个清晰的、具有意义的、'客观'的世界,这种简单的观念不再站得住脚了。它与现象世界的关系是非常复杂的、充满疑问的,并且是为成规惯例所控制的。'元'这个术语被用来探究这个任意的语言系统和它所明显指涉的世界之间的关系。在小说中,它们被用来探究小说之中的世界和小说之外的世界的关系。"最后她总结了元小说的定义,"所谓元小说,就是指这样一种小说,它为了对虚构和现实的关系提出疑问,便一贯地把自我意识的注意力集中在作为人工制品的自身的位置上。这种小说对小说本身加以批判。它不仅审视记叙体小说的基本结构,甚至探索存在于小说外部的虚构世界的条件。这种小说对自身的创作方法加以评判,也审视记叙体小说的基本结构,探索虚构的小说文本之外的虚构世界的条件"。她认为元小说作家的共性就是通过创作实践来探讨虚构,这有别于传统小说要把虚构的世界弄得酷似真实。

英国小说家兼批评家戴维·洛奇在《小说的艺术》(*The Art of Metafiction*)中总结了四类小说,关于第四类他写道:"许多小说家在困境中所选择的解决办法就是将他们的犹豫建构于小说自身当中。在现实主义小说、非虚构小说和寓言中,我们应该增添第四类:探讨这些模式——关于小说的小说(the novel about itself)、技巧小说(the trick novel)、游戏小说(the game novel)、字谜般的小说(the puzzle novel),引导读者穿越幻想与欺骗术、变形镜与陷阱门汇集地,最终留给读者关于艺术与生活关系的悖论,而非简单的确定信息或意义的小说——而又不完全致力于其中之一的小说。"这里的第四类小说就是元小说,洛奇将它定义为"元小说是有关小说的小说,是关注小说的虚构身份及其创作过程的小说"。他认为,元小说与现实主义形成鲜明对照,是背离了现实主义强调的小说要真实反映外部世界及其本质规律,有明显的现实指涉的功能。他认为最早的元小说是劳伦斯·斯特恩(Laurence Sterne,1713—1768)的《绅士特里斯舛·项狄的生平与见解》(*The Life and Opinions of Tristram Shandy,Gentleman*)又称《项狄传》,其采用叙述者和想象的读者对话的形式,表明叙述行为的存在。洛奇不仅倡导元小说理论,而且根据这一理论进行小说创作。他说自己就是一个"元小说作家",并且是一个自我意识很强的元小说作家。

马克·柯里(Currie Mark)在他的《元小说》(*Metafiction*)中将元小说定义为一种"边界话语"(borderline discourse),一种将自身定位在文学创作和文学批评边界的写作。在元小说中,作家和批评家具有了作者和读者的双重身份,元小说关注社会历史语境如何影响叙事结构的发展。从批评的角度看,柯里的定义强调了批评视角在文学叙事中的融入,所以要想了解元小说的内涵,读者就必须跨越小说的批评的边界,将元小说的文本构成与作者有意识的批评联系起来。柯里承认叙述话语和批评话语间的相互影响,作者以叙述者和批评者的双重身份进入元小说的创作中,具有读者和作者的双重身份。

琳达·哈琴认为,"元小说就是关于小说的小说,即自身包含着批评自己的叙述本体或语言文体的小说"。赵毅衡认为,"小说谈自己的倾向就是元小说","元小说所做的,不过是使小说叙事中原本就有的操作痕迹'再语意化',把它们从背景中推向前来,有意地玩弄这些'小说谈自己'的手段,使叙述者成为有强烈'自我意识'的讲故事者,从而否定了自己在报告真实的假定"。除此以外,也有人用"反小说""超小说""寓言式小说"来描述元小说这一新的文学现象。

如此多的学者尝试给元小说下定义,正说明元小说是一种很难阐释的文学现象。传统小说往往关心的是人物、事件,是作品的内容,而元小说则更关心作者本人是怎样写这部小说的,小说中往往喜欢声明作者是在虚构作品,喜欢告诉读者作者是在用什么手法虚构作品,更喜欢交代作者创作小说的一切相关过程。元小说本身所承载的文学批评功能,使得文学作品和批评术语之间的关系纠缠不清,使小说本身的不确定性和现象世界的不确定性纠结在了一起。小说的叙述往往是谈论正在进行的叙述本身,并使这种对叙述的叙述成为小说整体的一部分。当一部小说中充斥着大量这样的关于小说本身的叙述的时候,这种叙述就是"元叙述",而具有元叙述因素的小说则被称为元小说。

第二节　元小说兴起的背景

元小说作为一种文学的写作实践早已存在。中国早期的评书，就有诸如"话说曹操""话说两头"这种强调叙述者叙述的成分，欧洲文艺复兴时期的《堂吉诃德》（*Don Quijote de la Mancha*）便是西班牙作家米格尔·德·塞万提斯·萨维德位（Miguel de Cervantes Saavedra，1547—1619）于 17 世纪写的反骑士小说，戏仿中世纪骑士制度并给予深刻的讽刺。20 世纪初美国小说家马克·吐温的小说中也有"元小说"的非自觉的写作，在《哈克贝利·费恩历险记》（*The Adventures of Huckleberry Finn*）中，被马克·吐温创造的人物开始谈论马克·吐温，这是明显的元小说特点。而戴维·洛奇认为，最早的元小说就是 18 世纪英国作家劳伦斯·斯特恩的《项狄传》，该书采用叙述者和想象的读者对话的形式，体现了元小说"有意暴露小说的创作痕迹"的特点，叙事顺序也完全打破了沿着事件发生时间先后的传统模式。

《项狄传》共分九卷，包含三个故事。在《项狄传》中，叙述者不仅扮演了作者的角色，而且经常对读者直接谈论自己的创作感受，具有明显的元小说特性。在叙述项狄本人的"生活和观点"时，项狄仿佛是一个正在写作的小说家，他不仅是小说中的主人公，同时也是崇尚实验与革新的艺术家。在小说中，项狄似乎一边生活，一边叙述自己的感官经验。他仿佛在不断追逐着自己在小说中的影子。在《项狄传》中，叙述仿佛也变成了一种对自己影子的追逐，无论速度多快，都只能永远在路上，永远没有尽头。小说的主人公在小说的第四卷才出生，叙述者还感慨地说："我已经倒退好几卷了，我应该生活得比我写的更快，于是请大家注意，我写得越多，就会有越多的内容要写。"作家不断打破以时间为顺序的小说叙事模式和框架，将情节与事件的安排建立在一种蛛网状结构之上。托比叔叔的一句话前后跨越了七章，其间时间与空间不断变化，各种纷繁复杂的回忆、感觉和思绪穿梭其中，构成了一幅错综复杂的心理画面。作家甚至对自己的创作技巧和难点发表议论，而且还不断地请求读者与其直接交流，告诉读者："容忍我吧——让我继续下去，用我自己的方式讲述故事。"

继《项狄传》之后，简·奥斯汀（Jane Austen，1775—1817）的《诺桑觉寺》（*Northanger Abbey*）、阿道司·赫胥黎（Aldous Huxley，1894—1963）的《旋律的配合》（*Point Counter Point*）都是早期的元小说代表作，中国明代作家董说的《西游补》也是对经典名著《西游记》的戏仿。到了 20 世纪 50 年代，自省性的元小说开始在西方流行,典范性文本通常被认为是约翰·巴思的《迷失在开心馆中》(*Lost in the Funhouse*),他在小说中插入了非常多的意识流和内心独白,故事和虚构的幻境交汇在一起。同时,巴思以在作品中插入画外音的方式,表达了他对戏剧中传统记叙文的见解。在巴思的眼中,生活就像一个个片段,好似活动着的歌剧,存在本身就是破碎的,片段是不连贯的。这部小说明显是对传统写作的一个反叛。

到了 20 世纪 60 年代,美国的后现代主义小说家库尔特·冯内古特、弗拉基米尔·纳博科夫更是成为元小说创作的先锋人物,阿根廷的豪尔赫·路易斯·博尔赫斯(Jorges Luis Borges,1899—1986)、意大利的伊塔洛·卡维诺(Italo Calvino,1923—1985)等都自觉地进行元小说创作,对传统小说叙事方式与手法进行了革命性的颠覆,从而更新了小说艺术的观念。例如博尔赫斯在其元小说中将自省手法与互文、循环重复、结构开放、倒退式叙事等多种手法相结合。如《接近阿尔莫塔辛》(*The Approach to Al-Mu'tasim*)这篇准评论性小说几乎同时使用了上述各种手法,展示了叙事的多种可能。小说写的是一个印度孟买的法律系大学生的经历,他无意中杀死了一个印度教徒,在逃离的途中,寻找那个被称作"阿尔莫塔辛"的"堪称雅致"的人。全篇都在寻找一个人,并逐渐地接近他,而在结尾的时候,阿尔莫塔辛却偏偏隔了一扇门而不露出真容。阿尔莫塔辛到底是谁?博尔赫斯专门写了一个对波斯古典文学中的著名长诗《鸟儿会议》(*The Conference of the Birds*)内容的注释,揭开了谜底——寻找者和被寻找者具有同一性。

所以,元小说并不是起源于后现代时期,只不过,在西方后现代与各种文艺思潮的影响和推动下,元小说有了准确的定义,并在 20 世纪 60 年代以后成为西方文学尤其是美国文学中占主导地位的小说形态。因此元小说的发展并非偶然,而是有其特定的因素。

后现代主义文化思潮是后工业时代的产物,那么反映后现代文学主要特点的元小说也必将是后现代科技文化发展的产物。哈里斯(Harris)在 1959 年提出"元话语"(meta-discourse)这一术语后,元小说便受到诸多学者的关注,之后他们都转而对自己的叙述话语本身进行反思,从而也就产生了"元语言"(metalanguage),即关于语言的语言,如语法、词典等,之后这种元语言应用到其他学科就产生了诸如"元政治"(meta-politics)、"元历史"(meta-history)、"元戏剧"(meta-theatre)、"元电影"(meta-cinema)、"元科学"(meta-science)等一大批带有"反照自身"这一共同特点的术语,当然也包括威廉·加斯在 1970 年首次提出的"元小说"。威廉姆斯(Williams)是第一个运用"元话语"(meta-discourse)这一术语的学者,他将其定义为"关于话语的话语,包括所有不涉及话题内容的材料"。元小说家们开始系统地探讨用元术语来解读小说世界与人们通常想当然地视为客观存在的"现实世界"之间的关系,元小说以暴露自身生产过程的形式,表明小说就是小说,现实就是现实,二者之间存有不可逾越的差距。而叙事与现实的分离,使文本不再成为现实的附属品,文本阐释依据的框架不再来自现实,文本的意义不再是对现实的"反映",而是来自纯粹的叙述行为,文本因此拥有了前所未有的自治权利,从现实和"真实"的桎梏之下获得彻底解放。

同时,沃纳·卡尔·海森堡(Werner Karl Heisenberg,1901—1976)的不确定原则促进了元小说的发展。海森堡提出了著名的"不确定性原理",即一个运动粒子的位置和它的动量不可被同时确定。这彻底摧毁了现实恒定不变的观点,阐释了时空、物质、能量的相对性。元小说家们清楚地意识到他们也面临着这样的境地,他们想要再现的世界是不可能被再现的,所以他们想用元小说的方式来探讨这种"两难的境地",实现对现实世界的解构与重构。

现代语言学飞速发展,其理论也对元小说的发展起到了推动作用。在瑞士索绪尔的结构语言学中,"意指作用""能指"和"所指"是三个紧密相连的概念。"意指"一方面表示具体事物或抽象概念的语言符号;另一方面表示语言符号所表示的具体事物或抽象概念。他把"意指作用"中用以表示具体事物或抽象概念的语言符号称为"能指",而把语言符号所表示的具体事物或抽象概念称为"所指","所指"也就是"意指"作用所要表达的意义。一个孤立的"能指"可以具有多种含义,这就是多义性;反之,一个概念也可以在不同的"能指"中得到表达,这就是同义词。索绪尔的所指/能指表现了一种二元论思想,既能表明它们彼此间的对立,又能表明它们与所属整体间的对立。后现代作家认为,"能指"与"所指"已不再是传统的绝对二元对立,而是因二者之间的差异性才产生了意义的存在。自索绪尔之后,语言符号是由"能指"和"所指"共同构成的理论,逐渐成为文论领域的普遍话题,元小说家们在文本中操纵起了两种语言,一种是传统的文学语言,而另一种则是对传统文学语言起"能指"作用的"元语言"。

戴维·洛奇的元小说代表作《小世界》就处处可见"能指"滑动的印迹。在小说中,莫里斯·扎普教授做了关于"文本性有如脱衣舞"的报告,安吉丽卡听完后向他表达了自己对罗曼司的理解,她说"罗曼司的想象就像叙述的脱衣舞,它不断引诱读者,反复拖延最终的局面,而这结局永远不会出现——或者,如果真的出现,文本的愉悦便告终止……"这里罗曼司的"能指"是具有"挑逗性的脱衣舞",它反复拖延无法实现,那么罗曼司"所指"的意义便无处可寻,这也正是元小说文本的意义所在,一直吸引读者读下去却抓不住其主旨,在此过程中读者反思解决现实问题的办法。

文学自身的发展和评论家对小说态度的转变也是元小说产生的原因。1967年,约翰·巴思在《大西洋月刊》上发表了《枯竭的文学》,震惊了西方文学界。所谓"枯竭",巴思认为并非"生理、道德或心智的衰颓,而是文学的某些形式被用空,或者说某些可能性被用尽了"。还有他在短篇小说《生活故事》(Life Story)中的感慨:"读者! 你这个食古不化、不知羞耻的杂种! 我是在这篇稀奇古怪的小说里和你讲话——除了你还会和谁? ——这么说,你是一直在阅读本人的拙作喽? 居然读到现在? 究竟出于什么不可告人的动机? 你干吗不去看电影、看电视,或去面壁沉思,干吗不去和朋友打打网球或者去泡妞儿——'泡'这字眼儿够味儿,足以让你想起那个妞儿来。难道天底下就没有什么别的事儿能让你开心、过瘾、解闷? 你不觉得无聊吗?"从这段话中我们可以看出当代小说家的苦恼甚至绝望。不光是巴思,苏肯尼克(Sukenik)在他的《小说和其他小说的死亡》(The Death of the Novel and Others)里也表达了对小说状况的忧虑:"从开始写这部小说以来,我真是吃尽了苦头,心里火烧火燎、腰酸背痛、头昏眼花、忧心忡忡。末了,我已几近崩溃,不得不自认倒霉,承认我们小说家不过是一群行将灭绝的动物而已。"

后现代主义元小说在这种情况下可以算是力挽狂澜,拯救了文学的颓势。元小说作家们质疑传统小说可以客观反映世界的能力,所以他们开始拒绝单一视角,打破线性叙述顺序,从而揭示现实世界的虚假和不确定性。另外,文学批评也对传统小说创作的方法提出了质疑,罗伯·格里耶(Robbe-Grillet)就暗示元小说创作将成为主流:"逼真的,自发的,无限的,总之,故事必须是天然的。不幸的是,即使承认了这一点,人和世界的关系中仍存在一种'天然的'东西,结果和其他任何艺术形式一样,写作反而成了一种干预。小说家的力量正是在于他们的创造,自由的无拘束的创造。现代小说的精彩之处就在于它故意声明了这一特点,在极致处,创作和想象都成了故事的主题。"传统小说的形式对于这里所说的"天然"的故事显然是力不从心的,那么打破这种局限的只能是后现代主义的元小说了。

另外,社会的多元化倾向和科技的迅猛发展也给美国的元小说家们带来灵感。20世纪60年代,美国在激进的社会政治气氛影响下,社会危机加深,"反抗"成为社会生活的主流。黑人民权运动、妇女解放运动等加剧了人们的忧患意识,造成了社会多元化发展,增强了自我意识觉醒,为小说家们的创作提供创作灵感的同时也促进了小说家们态度的转变,后现代忧患意识开始显现。例如,美国学者哈罗德·布卢姆(Harold Bloom)在1973年发表的文章《影响的焦虑》(The Anxiety of Influence)中所说,所有诗人都焦虑地生活在先前诗人的阴影当中,这就像儿子受着父亲的压制。面对前人的巨大成就,元小说作家们必须找到自己的出路,海勒的《第二十二条军规》、冯内古特的《五号屠场》和品钦的《万有引力之虹》(*Gravity's Rainbow*)用黑色幽默这种荒诞的后现代写作手法为后继者提供了范例,之后元小说创作热潮在美国兴起。元小说家们大胆地将反讽、拼贴、迷宫等创作手法戏剧性地融入小说文本之中,叙事宛如语言的游戏,期待着读者的解读。

第三节　元小说的特点

元小说是"关于小说的小说",即用小说形式揭示小说规律的小说文本。小说的冲动源起、创作过程、文体规范、寓意寄托均成为该小说文本的表现对象。在元小说中,传统的小说文本所追求的完整性、自足性被打破了,欧文·高尔曼(Owen Gorman)就用"打破框架"(breaking frame)来意指元小说的基本特征,学术界普遍认为"自反性"(self-reflexivity)是元小说的共同性。简言之,无论"打破框架"还是"自反性",所谓元小说,就是使叙述行为直接成为叙述内容,把自身当成对象的小说。

"自反性"就是叙述者有意识地在文本中自我暴露叙述和虚构的痕迹,甚至公然在小说文本中讨论各种叙事手法,就像汉斯·伯顿斯(Hans Bertens)在《走向后现代主义》(*Approaching Postmodernism*)中说的,"小说必须不断地将其自身显示为虚构作品,它们必须成为'对其自身欺骗的无止境的揭露'"。于是,"自反性"便成为元小说最明显的外部特征,李丹总结道:"它表现了叙述者对小说写作的文本形式而非内容的高度的自我意识,从而使元小说与现实主义小说形成了鲜明区别。传统的现实主义小说关心的是'写什么',元小说关心的却是'怎么写'。前者关心的是小说所指涉的外部世界,后者关心的是小说形式本身。"元小说的"自反性"表现在叙述方式上便是"侵入式叙述",表现在文本结构上便是"打破框架"。

而赵毅衡认为,"关于小说的小说"这一定义还是太过模糊,不能把复杂的问题说清楚,所以他在《后现代小说的判别标准》中将"关于小说的小说"的元小说定义细分为三类,"谈这篇小说如何成为小说的小说""关于先前小说的小说"和"类文本元小说"。

"谈这篇小说如何成为小说的小说"也就是"关于本小说自身的小说",即小说以自身为指涉对象,自我揭露虚构身份及其创作过程,自我戏仿,把小说艺术操作的过程有意暴露在读者面前,不是模仿现实世界进行创作,而是试图制造逼真性,揭示文学文本的不确定性和人为虚构的虚构性。赵毅衡将这类元小说也叫作"前文本性元小说"。元小说作家有意暴露叙述者的身份,公然将叙述者声音写入小说中,并揭示叙述行为及其过程,使其叙述的内容具有"故事性"和"文本性"。

约翰·巴思的短篇小说《扉页》(Title Page)便是"谈这篇小说如何成为小说的小说",小说开端这样写道:

"开始:到一半,过了一半,完成了近四分之三,等待结局。想想到现在为止有多可怕:缺乏激情,抽象,职业化,不连贯。而且还会变得更糟。我们还能继续下去吗?"

作者介绍了小说的写作过程和他的困扰,"缺乏激情,抽象,职业化",这样的小说"还能继续下去吗?"之后,他又在为小说情节的"冲突,纠葛,没有高潮"而困扰,纠结于"能否将虚无变得有意义"。

"情节和主题:种种观念受污于目前的世界,但仍未被成功地取代。冲突,纠葛,没有高潮。最糟糕的即将来临。一切均归虚无:将来时;过去时;现在时;完成时。最后的问题是,能否将虚无变得有意义?"

然而,这样的问题"你填不了空白;我也填不了空白。或者说不愿意"。那么,"那就接着编吧"。之后作者说到小说创作理论上的三种可能,"第一种是更新,在成为一种解数已尽的自我戏仿之后","第二种可能性我相信更诱人,但在这迟暮时代几乎不可能,那就是任何老朽的东西都将被充满活力的新东西所取代:长篇小说和短篇故事的死亡,他继续声明道,未必就是叙述艺术的终结,也不必以消解一个耗尽的空白去填补空白","这最后的可能性就是要使终极、枯竭、令人动弹不了的自我意识以及沉积历史的形容词负荷……说下去,说下去"。

斯特恩的《项狄传》也是这样的小说,在小说中,作者不时向读者介绍项狄本人的写作情况,"问我的笔,它控制着我,我控制不了它","我开始写第一句话,而第二句话则要靠万能的上帝来帮忙"。有时,项狄还告诉读者他的写作思路断了,要去"吸一撮鼻烟";有时,他会告诉读者,"我突然有了灵感,项狄,放下窗帘——我放下了——特里斯舛,在稿纸的这个地方写上一行——我写好了——好啊,又是一章"。

"关于先前小说的小说"可以解释为将小说以前人的著作,尤其是前人的经典著作作为指涉对象,对前文本进行戏仿,使小说自身的虚构性一目了然。赵毅衡将这类元小说也叫作"前文本性元小说",这种小说形式应该是所有元小说都具有的共同特性。千年文学的积淀,后人只能高山仰止,要想突破,谈何容易。秉承创新的元小说家们便想到回归源头,以全新的方式重写经典,跳出经典的影响。毫无疑问,这类元小说鼻祖便是塞万提斯的《堂吉诃德》,但是经典的戏仿当属美国最重要的元小说作家之一唐纳德·巴塞尔姆的《白雪公主》,这是一部堪称荒诞派文学的经典之作。通过对家喻户晓的经典格林童话《白雪公主》的戏仿,呈现了一部后现代寓言。巴塞尔姆把童话中的白雪公主和七个小矮人变成了现代社会的普通人,与现实生活中的真实人物拉近了距离。小说中的白雪公主除了称呼和外貌,她的身份、个性、态度和命运等都变了。作者用这个颠覆传统格林童话的"黑"童话故事,揭示现实生活的反童话实质,运用戏仿、反讽、拼贴等手法大胆进行语言实验,表现现实社会的庸俗无聊、龌龊丑恶。还有罗伯特·库弗(Robert Coover,1932—)的《公众的怒火》(*Public Burning*)是戏仿了美国冷战时期的意识形态和历史,《杰拉德家的舞会》(*Gerald's Party*)是对侦探小说的戏仿等。

"类文本元小说"赵毅衡也将其叫作"寓言式元小说"。后现代主义把一切事物都界定为文本,从文本与文本的关系中、从文本的上下文中去探讨文本的意义。小说的作者一边叙述故事,一边用一个平行的情节解说叙述者构思故事的操练过程。人类的许多"真理体系",如历史、宗教、意识形态、伦理价值等,都可被视为一种"叙述方式"的指涉对象,作者把散乱的符号"表意行为"用一种自圆其说的因果逻辑统合起来,组织起来,因此从本质上说也是与小说相似的虚构,只不过是建立在人类价值体系之上的虚构。

在《死亡的诗意》中,马原一边提供纪实性质、"绝对真实"的片段,一边有意暴露其虚构性的背景。这种情景几乎遍布在马原的小说中,他向读者坦言,自己创造的小说是一个圈套,同时居高临下并不无嘲弄地呼唤那些遵守现实主义阅读规则的观众——没有后者,他的解构游戏也就无从继续。

英国女作家玛格丽特·德拉布尔(Margaret Drabble,1939—)在1969年发表的小说《瀑布》(*Waterfall*)以中产阶级生活为背景,讲述知识女性的命运,折射英国知识女性非理性生活的现实。

福尔斯在他的元小说经典之作《法国中尉的女人》中对传统小说叙事模式进行评论,叙事策略所形成的世界并非现实本身,而是一个语言组织起来的虚拟世界,对传统墨守成规的小说叙事惯例进行批判。

元小说运用露迹、矛盾、戏仿、时空穿梭等手段,使小说呈现零散、任意、无深度的特点,明显有玩弄语言游戏的痕迹,但这只是按现代主义整体性、深度性的要求去衡量的,事实上,正是这种表面的游戏态度,加深了元小说对现实问题深度解释的可能,游戏和任意只是假象,邀请读者参与思考而不是单纯"受教"才是作者的真实意图。所以,戴维·洛奇将后现代主义创作中的随意性、不确定性、无选择性的表现方法归纳为六条原则,即矛盾、排列、变更、随意、过度、短路,作为后现代主义小说的典型代表,元小说当然具有这些特点。

矛盾,即文本中的各种因素互相冲突背离。在传统逻辑中,矛盾双方是对立的,二者之间不可调和,更无法共存,后面一句话推翻前一句,全书的叙述者摇摆于不可调和的欲望之间。但是,在元小说中,矛盾双方不再是非此即彼的关系,彼此对立的双方都被小说的作者赋予了理性,这明显暴露出小说的虚伪性,却让读者有了兴趣,因为他们想要确定,就要选择,想要解释,便要参与。爱尔兰小说家塞缪尔·贝克特的小说《无法命名者》(*The Unnamable*)里的结束语便是这样矛盾的悖论,"你必须讲下去。我不能讲下去,我愿意讲下去"。美国作家库尔特·冯内古特《猫的摇篮》(*Cat's Cradle*)中宗教的建立也是矛盾的,"令人伤心的是必须粉饰现实,同样令人伤心的是实在无法粉饰现实"。再看看约翰·巴思的小说《牧羊郎加尔斯》(*Giles Goat – Boy*)中的问答:"你是男人还是女人?""又是,又不是。"《法国中尉的女人》中有三个结局让读者自己选择,以完成小说文本的创作。不像传统小说,作者总是以一种居高临下的态度来训诫读者,元小说家们将读者当作语言游戏的同路人,一起进行创作与反思。所以帕特里夏·沃在她的《元小说》中总结道:"运用矛盾手段的元小说文本没有最终的确定,只有说谎家的悖论,可以毫无不讳地说'所有小说家都是说谎家'。"

排列,后现代主义作家有时把几种可能性排列组合起来,以显示生活和故事的荒谬。传统作家总是要在排列组合中选择一种,而元小说则是将所有可能性都组合起来。在前面一章已经看到贝克特的《华特》中排列的典范,而他在《等待戈多》(*En attendant Godot*)中的结构安排,则运用了循环式结构形式。幕与幕之间在内容上重复,每一幕的场景和生活片段重复,在两幕剧中,第二幕的剧情几乎是第一幕的翻版。在这种循环的排列中,表现的是一个"什么也没有发生,谁也没有来,谁也没有去"的悲剧。贝克特认为,他在这个世界上找不到哲学的次序,想要通过这种可能性组合的方式表达他对问题的多样性看法,吸引读者参与进来一起思考。还有米歇尔·布托尔(Michel Butor,1926—2016)的日记体小说《时间表》(*Passing Time*)分为5个部分,这5个部分便是日记中的5个月(5月到9月)。主人公在这个迷宫般的城市里所写的日记已不是按照正常的时间顺序来展开,而是将现在、过去、未来,现实、历史、幻想交织在一起。书中的时间顺序重叠交错,但又有一定的规律,就像是一个递进的乘法口诀表或铁路上的价格表。5个月首先按5、6、7、8、9直线顺序写,然后从5月到2月按照斜线的顺序写;其次,每一个月所写的东西在递增,因此每一个月的日记增加了对另一个月的记述,这样一来,虽然只写了5个月,但12个月的事都包含在这5个月的记述里,而这一年又象征着人的一生,象征着整个时代。这种纵横交错的时间同迷宫般的空间交织在一起，使得小说的结构更加复杂精巧。

变更与随意，即对同一本书中叙述的事，可以更换其不同的可能性，变更内容、情节，断裂作品的连续性，使其丧失必然性的因果关系，中断人们对于释义的期待。小说的传统线性叙述顺序被打破，时空穿梭成为习惯。而这种因果关系的中断，让小说的文本安排和读者的阅读都有了一定的随意性。元小说的作者让小说的文本可以不加页码，随意组合，读者可以任意拆装组合，形成自己的"活页小说"。英国小说家 B. S. 约翰逊（B. S. Johnson, 1933—1973）在小说中便使用活页装匣和页中挖洞等手段邀请读者"介入游戏"。他的小说《不幸的人们》（The Unfortunates）由27 个部分组成，每部分长 4～8 页，除了第一部分和最后一个部分外，其余各部分均不标明次序，以活页散装盒内。盒内有说明，表明"如果读者不喜欢收到该小说时的任意性次序，他们可以将各部分重新排列成任何次序再进行阅读"。这样的安排使读者有了最大的自由来安排小说叙述的过程和时间。《正常的女管家》（House Mother Normal）是一部老年人的喜剧，它以一家养老院为背景，由 8 个老人和一个护士（即女管家）共 9 个人的内心独白组成。每人一篇，每篇均为 21 页，记述同一时间跨度内的事。每篇独白中的每一行在时间上与其他篇同步，读者可以随意安排自己阅读的顺序，于是便有了无穷的想象空间。

过度与短路，即有意识、过度夸张性地运用某种修辞手法，而过度的矛盾、排列、拼贴的结果就是信息超载，杂乱的信息让读者感到混乱不堪，超出了他们的分析和理解能力，而情节内容在发展进程中突然中断，也会造成文本与现实、作者与读者之间出现"短路"，也就是虚构文本和真实文本混合在一起。《法国中尉的女人》前十二章都在讲一个发生在维多利亚时代的爱情故事，可是在第十三章，作者突然说道："我讲的故事完全是想象的。我创造的这些人物在我脑子之外从来没有存在过。"作者在描述的过程中介入文本，提醒读者自己的存在，指出现实、生活与艺术之间的距离，让读者参与对文本的阐释、解析与再创作之中。叙述一个完整、波澜跌宕且引人入胜的故事被视作传统小说的基本职能和责任，元小说则破除了这种传统，它打破了故事的完整性和可信性，将故事碎片化，承认自己故事的虚构性，它为作者提供了一个磨炼叙述能力的场所，故事本身不再是目的，而是工具或方式。

参 考 文 献

［1］ ROBERT - GRILLET A. Time and Diescription［M］. New York：Grove Press，1965.

［2］ MARK C. Metafiction［M］. London：Longman Press，1995.

［3］ JAMES H. The Future of the Novel：Essays on the Art of Fiction［M］. New York：Vintage Press，1956.

［4］ FOWLES J. 法国中尉的女人［M］. 北京：外语教学与研究出版社，1992.

［5］ BATH J. The literature of Exhaustion［M］. Baltimore：The Johns and Hopkins University Press，1984.

［6］ DAVID L. Toward a Poetics of Fiction：An Approach Through Language［M］. Bloomington：Indiana University Press，1977.

［7］ MCCAFFERY L. The Metafictional Muse：The Works of Robert Coover，Donald Barthelme and William H. Gass［M］. Pittsburgh：University of Pittsburgh Press，1982.

［8］ MCHALE B. Postmodernist Fiction［M］. London：Routledge，1987.

［9］ SPIRES R C. Beyond the Metafiction Mode［M］. Lexington：University of Kentucky Press，1984.

［10］ WAUGH P. Metafiction：the Theory and Practice of Self - Conscious Fiction［M］. New York：Routledge，1984.

［11］ STERNE L，CARABINE D K，WATTSC，et al. Tristram Shandy［M］. London：Wordsworth Editions Ltd，1999.

［12］ GASS W H. Fiction and the Figures of Life［M］. New York：Alfred A. Knopf，1970.

［13］ GHOSE Z. The Fiction of Reality［M］. Berlin：Springer，1983.

［14］ 洛奇. 小说的艺术［M］. 王峻岩，译. 北京：作家出版社，1997.

［15］ 佛克马，伯顿斯. 走向后现代主义［M］. 王宁，顾栋华，黄桂友，等译. 北京：北京大学出版社，1991.

［16］ 江宁康. 元小说：作者和文本的对话［J］. 外国文学评论，1994(3)：5 - 12.

［17］ 格拉夫. 自我作对的文学［M］. 陈慧，徐秋红，译. 石家庄：河北人民出版社，2004.

［18］ 李丹. 从形式主义文本到意识形态对话：西方后现代元小说的理论与实践［M］. 北京：中国社会科学出版社，2017.

［19］ 李琳. 罗伯特·库弗的元小说创作［M］. 北京：清华大学出版社，2016.

［20］柯里.后现代叙事理论［M］.宁一中,译.北京:北京大学出版社,2003.

［21］胡全生.英美后现代主义小说叙述结构研究［M］.上海:复旦大学出版社,2002.

［22］童燕萍.谈元小说［J］.外国文学评论,1994(3):13－19.

［23］盛宁.人文困惑与反思:西方后现代主义思潮批判［M］.北京:生活·读书·新知三联书店,1997.

［24］杨仁敬.美国后现代派小说论［M］.青岛:青岛出版社,2003.

［25］赵毅衡.后现代派小说的判别标准［J］.外国文学评论,1993(4):12－19.

第三章　元小说的叙事手法和叙事策略

第一节　元小说书写对传统小说世界的解构

一、叙事的零散性

后现代主义小说不仅颠覆了传统小说的内部形态和结构,而且对小说这一形式本身进行反思和解构。后现代主义小说家以破坏、解构和颠覆为己任,超越、否定传统小说和现代主义小说的叙事形式,抛弃故事情节的宏大叙事,形成元小说这一奇特的小说形式。

法国著名哲学家、后现代主义理论家让－弗朗索瓦·利奥塔(Jean-Francois Lyotard,1924—1998)在《后现代状况:关于知识的报告》(*The Postmodern Condition: A Report on Knowledge*)一书中这样写道:"依靠'大叙事'的做法被排除了。因此,我们在寻找后现代主义科学话语的有效性时不能依靠精神辩证法,甚至不能依靠人类解放。但我们刚才看到,'小叙事'依然是富有想象力的发明创造特别喜欢采用的形式,这首先表现在科学中。"也就是说,传统的"叙事"已被颠覆,"宏大叙事"(grand narration)也已消失,取而代之的便是"小型叙事"(petit narration)。

美国文学评论家伊哈布·哈桑(Ihab Hassan,1925—2015)在《后现代转折》(*The Post Modern Turn*)一书中提出"碎片化"(fragmentation)这一概念,他强调:"后现代主义者只是拆解;所有他假装信赖的东西只是片段。他的最大耻辱是'整体化'——无论什么样的综合,无论它是社会知识的还是诗学的,都是耻辱。所以,他偏爱蒙太奇、拼贴、信手拈来或切碎的文学材料,喜欢并列结构而不喜欢附属结构,喜欢换喻而不喜欢暗喻,喜欢精神分裂症而不喜欢偏执狂。"

后现代主义元小说以戏仿为主要范式,对小说这种形式和小说叙事的本身进行反思,然后解构、颠覆,在形式和语言上都导致传统小说及其叙事方式的解体。后现代主义元小说家突破传统小说完整的形式结构,对文本语句进行拆分并置,形成片段性语义整合的叙事形态。在他们的眼中,文本只是语言的载体,而这些语言只不过是些断裂的不关联的符号,这些零散的碎片构成一个叙事,尽管它像精神分裂症一样,不是一个有机的整体。后现代主义文学怀疑任何一种连贯性,一篇小说通常以极简短的互不衔接的章节、片段来组成,并从编排形式上强调各个片段的独立性。所以,后现代主义元小说的作家们不以追求有序性、完备性、整体性和全面性为目标,而是游弋于各种片段性、零散性、边缘性、分裂性和孤立性之中。

美国的元小说作家巴塞尔姆将叙事零散性这一策略几乎应用到他所有的小说创作中,事实上,他就是"一位利用片段写作的艺术家"。他著名的长篇小说《白雪公主》便是通过呈现丰富多彩的零碎片段创造出一个拼贴的效果,他认为"片段是我信赖的唯一形式"。片段的实质是支离破碎,因此,他的小说是用碎片组合而成的文本。这些零碎片段取自民间故事、电影、报纸、广告和学术刊物,取自学术和文学中的"陈词滥调"。小说中,事件的发展过程不断被题外话、目录和无来由的鸡毛蒜皮的小事所打断,每个简短的异质同构的片段都独立成段或成章,段与段之间经常完全缺乏过渡,事件发展的时间顺序被打乱。

巴塞尔姆的短篇小说也是如此,《看到月亮了吗?》(*See the Moon?*)正是运用了零散叙事,从开始到结束都是由"片段"组成的,读者在小说里看不到完整的线性叙述顺序,也找不到一个完整的故事情节或一个个性鲜明的人物,甚至任何具有统一性的东西都没有。小说开头,叙述者说他正在"从事月亮敌对情绪的重要研究",但是他却将许多不相关的事情或场景介绍出来:他患的疾病;他的纪念物;他的前妻西尔维亚;一张关于几个年轻人扼死一只天鹅的简报;他的儿子格利高里与他的电话聊天;他的大学趣事;他在海外当军士的经历;他与父亲的交谈;他与红衣主教 Y 的谈话……小说的话语呈现出散乱、片段的特征,就像是一个患有精神病的人在胡言乱语,正如小说中的世界也是紊乱的,没有组织的,也没有中心可言。通过零散叙事,巴塞尔姆颠覆传统的宏大叙事,生动而又讽刺地展示了美国面临的社会问题。

二、文本的不确定性

零散性和去中心化,无疑使得故事晦涩难懂,但同时也在一定程度上使小说的解读具有多种可能性,这种可能性体现在小说叙事文本的不确定性之中。不确定性是后现代主义区别于现代主义的一个本质特征。哈桑认为,不确定性是后现代主义的第一个本质特征,"不确定性几乎渗透我们的行动和思想,它构成我们的世界"。哈桑列出各不相同的概念所共同勾画出来的一个范畴:模糊性、间断性、异端、多元性、散漫性、反叛、倒错、变形、反创造、分解、消解中心、移置、差异、分裂、消隐、消解定义、非神话化、零散化、反正统化、反讽和断裂等。这是一种对一切秩序和构成的消解，它永远处在一种动荡的否定和怀疑之中，形成了一股强大的自我毁灭冲动，"影响着政治实体、认识实体以及个体精神——西方的整个话语王国"。这样一来，后现代主义元小说作家开始强调创作的随意性、即兴性和拼凑性，并重视读者对文学作品的参与和创造。这种不确定性与后现代主义者的理性、信仰、道德和日常生活准则的危机和失落是密不可分的。后现代主义元小说的不确定性又体现在四个方面：主题的不确定、形象的不确定、情节的不确定和语言的不确定。

主题的不确定。现实主义小说的主题基本上是确定的，小说的主旨便是突出主题。现代主义虽然反对现实主义的主题，但却并不反对主题本身，相反，小说家们往往苦心孤诣地建构自己的主题。而在后现代主义那里，主题根本就不存在，因为意义不存在，中心不存在，质也不存在，"一切都四散了"。一切都在同一个平面上，没有主题，也没有"副题"，甚至连"题"都没有。库尔特·冯内古特是美国最有影响的后现代主义小说家之一，其代表作《五号屠场》在主题上充分体现了后现代主义的不确定性写作原则。首先，《五号屠场》以第二次世界大战为背景，其主题必定离不开战争与死亡，反战是贯穿作品始终的主题，但其真正的目的是要表达对战争和死亡的严肃看法。《五号屠场》的副标题是"儿童十字军：与死亡的尽职舞蹈"。冯内古特描述了他多年来怎样努力把关于德累斯顿的各种说法拼凑起来，写成一部小说。在第一章，作者以第一人称的叙述方式直截了当地向读者介绍了写作的艰难历程："我真的不想告诉你这本倒霉的小书耗费了我多少钱、精力和时间……直到今天，我头脑中出现的文字仍然非常有限……到现在为止我肯定都已经写过五千页了，但都已被扔掉。"读者不难看出，作者创作的艰辛当然不是因为其表达能力有限，而是因为对于这种战争大灾难，对于亲眼所见的可怕场面，作者患了"失语症"。可见，德累斯顿大轰炸给作者的心灵带来的巨大震撼和创伤让他久久不能平复。作者虽然有厌世的趋向，但并不是完全的悲观绝望，一方面，"死亡"是对作者所处的混乱时代的控诉；另一方面，"死亡"也是重构和再生的必经之路。同时，《五号屠场》也是一部以科学幻想为主题的科幻小说。冯内古特打乱了时空的顺序，虚构了一个"541号大众星"，主人公毕利在过去、现在、未来的时间层面，以及地球和541号大众星的空间层面来回穿梭，给人一种时空错乱的感觉。小说第二章一开始，作者就告诉读者，毕利挣脱了"时间的羁绊"，他就寝的时候是个衰老的鳏夫，醒来时却在举行婚礼；他从1955年的门进去，却从1941年的门出来了；他多次看到自己的出生和死亡，能够任意造访二者之间的所有时空……时空的不确定性更显出命运的不确定性,体现了后现代社会的种种不确定性。

形象的不确定。如果说现实主义小说的人物即人,现代主义小说的人物即人格的话,那么到了后现代主义,人即人影,人物即影像。后现代主义在宣告主体死亡、作者死亡时,文学中的人物也自然死亡。当代理论家雷蒙·费德曼(Naymon Reuerman)说:"小说人物乃虚构的存在者,他或她不再是有血有肉、有固定本体的人物。这固定本体是一套稳定的社会和心理品性—— 一个姓名、一种处境、一种职业、一个条件等。小说中的生灵将变得多变、虚幻、无名、不可名、诡诈、不可预测,就像构成这些生灵的话语。但这并不意味着他们是木偶。相反,他们的存在事实上将更加真实、更加复杂,更加忠实于生活,因为他们并非仅仅貌如其所是,他们是其真所是:文字存在者。"基于此,有人将后现代主义的这种人物形象特征概括为"无理无本无我无根无绘无喻",也就是没有人物形象的描绘,没有人物肖像,没有比喻和转喻代码,没有隐藏在现象后面的"意义"可以探寻,所有的确定性都完全被肢解了,只剩下不确定性。后现代主义元小说人物形象的不确定性主要表现在小说中的人物都走向了"反英雄",身世来历不明,甚至无名无姓,人物形象淡化,性格刻画消失。人物成了故事的陪衬,若隐若现,成了不可捉摸的"影子"或"代码"。在《五号屠场》中,冯内古特明确表示,"这个故事中几乎没有真正的人物,也几乎没有戏剧性的冲突,因为书中的大多数人病弱无助,成了被难以抗拒的势力抛上抛下的玩物。毕竟,战争的一个主要后果是人们不想成为真正的人物"。小说中的所有人物都是扁平的,具有很大的模糊性,读者很难辨认他们的实际身份。作为主人公的毕利,其形象具有明显的多重性,这种多重性使得他的形象充满了不确定性:时而滑稽可笑、呆呆傻傻,时而以德报怨、济世救人,时而又唯利是图、金钱至上。这种似是而非、或此或彼的人物形象使任何试图捕捉准确意义的企图都完全落空,人物形象的界定是不确定的,你把它理解成什么,它就是什么。

情节的不确定。后现代主义作家反对故事情节的逻辑性、连贯性和封闭性。他们认为,现代主义的那种意义的连贯、人物行动的合乎逻辑、情节的完整统一是一种封闭性结构,是作家们一厢情愿的想象,并非建立在现实生活的基础上,因此,必须打破这种封闭体,并用一种充满错位式的开放体情节结构取而代之。这样一来,后现代主义作家便终止情节的逻辑性和连贯性,将现实时间、历史时间和未来时间随意颠倒,将现在、过去和将来随意置换,将现实空间不断分割切断,使得文学作品的情节呈现出多种或无限的可能性。表面上是杂乱无章的场面,而这一切其实都是作者精心安排的。在《五号屠场》中,作者在该小说的第一章就告诉读者,故事将如何开头,如何结尾,该小说的高潮将在哪里出现。这种创作手法抛弃了传统小说的叙事模式,将作者从情节、逻辑和故事发展的时间顺序的束缚中解放出来。外星人向毕利介绍,他们的书用"一簇簇简洁的象征符号"构成,"故事没有开头,没有中段,没有悬念,没有说教,没有前因,没有后果"。这种类似意识流的蒙太奇式的叙事手法,像作者在玩弄文字游戏,从而使读者走进了一个迷宫,里面是片段性的叙述和意义不确定的语言,读者一直在思考怎样可以从容地走出迷宫。

语言的不确定。语言是后现代主义最重视的因素,它甚至都上升到了主体的位置。从某种意义上说,后现代主义的不确定性就是语言的不确定性。为了揭露现实生活中无数规则的虚构性,元小说作家们在自己的作品中也"玩"起了各种各样的"游戏"。在后现代主义作家看来,一切都不确定,世界本就没有什么先验的、客观的意义,只有寄情于写作本身。特伦斯·霍克斯(Terence Hawkcs)在他的《结构主义和符号学》(*Structuralism and Semiotics*)中写道,写作不过是作者"内省的符号化过程",意义产生于语言符号的差异,即符号的排列组合所产生的效果。因此,写作特别是虚构文本的写作,仅是一种"语言游戏"(language games)。而利奥塔认为,在每种不同性质的"话语"中,都可以用说明其性质和用法的随意游戏规则去设定语言游戏,但是,这些游戏规则本身不能给自己提供自身的合法性,它们只能是游戏者之间的契约式产物:规则是游戏得以运行的关键,其任何变化都将改变游戏的本质;每种"话语"的发言,都如同游戏一样,具有对抗竞争的意味,因此具有一种不断推陈出新的特征。所以后现代元小说的写作已经使自身从表达意义的维度中挣脱出来,而仅指涉自身。写作犹如游戏,在不断超越自身的规则和违反其界限中展示自身。冯内古特在《五号屠场》中使用了大量语言游戏般拼贴式的叙事话语,打油诗、别人作品的片段、圣经、杂志等都出现在作品中。主人公毕利·皮尔格里姆,正是戏仿了约翰·班扬(John Bunyan,1628—1688)的《天路历程》(*The Pilgrim's Progress*)。如果说班扬笔下的主人公所追寻的是上天之路,那么,毕利的时间旅行就是试图解决当代社会问题的方法,给人们提供了逃离苦难和危险的临时避难所。冯内古特借用《圣经》中罗德的妻子因不听上帝的劝告,回头看了一眼被毁灭的家乡而被变成一根盐柱子的故事,以此表现他对人类所遭受的战争和苦难的深刻同情。

三、多重叙事视角

叙事视角也称叙事聚焦,是指叙事语言中对故事内容进行观察和讲述的特定角度。小说的叙事视角,指的是观察和讲述故事的特定角度。同样的事件从不同的角度去看就可能呈现出不同的面貌，在不同的人来看也会有不同的意义。小说是叙事的艺术，通过叙述，小说中的叙述者、人物和读者构成了三位一体的关系，而元小说颠覆传统的独特叙事视角，呈现给读者一个奇特的小说世界。

叙事视角的特征通常是由叙述人称决定的。传统的叙事作品中主要是采用旁观者的口吻，即第三人称叙述，然后是第一人称的叙述，较为罕见的是第二人称叙述和人称或视角变换叙述。到了 20 世纪，结构主义的批评家们对叙事视角的形态进行了多方面的研究，比较突出的是法国的茨维坦·托多洛夫（Tzvetan Todorov，1939—2017），他把叙事视角分为三种形态：第一种是全知视角（零视角），即叙述者 > 人物，也就是叙述者比任何人物知道的都多，他全知全觉，而且可以不向读者解释这一切他是如何知道的；第二种是内视角，即叙述者 = 人物，也就是叙述者所知道的同人物知道的一样多，叙述者只借助某个人物的感觉和意识，从他的视觉、听觉及感受的角度去传达一切；第三种是外视角，即叙述者 < 人物，这种叙事视角是对"全知全能"视角的根本反驳，因为叙述者对其所叙述的一切不仅不全知，反而比所有人物知道的还要少，他像是一个对内情毫无所知的人，仅仅在人物的后面向读者叙述人物的行为和语言，他无法解释和说明人物任何隐蔽的和不隐蔽的一切事情。

法国的结构主义批评家热拉尔·热奈特（Gérard Genette，1930—2018）在《叙事话语》（*Narrative Discourse*）一书中则采用"聚焦"一词，将以上三类关系重新定义为无聚焦或零聚焦叙事、内聚焦叙事和外聚焦叙事。马克·柯里因此总结了"叙事的意识形态功能的特点，即它重复并确认了已构成我们的主体性的认同的可能性。这比宣称叙事反映了生活要更有力。这等于在说叙事是制造身份和意识形态主体的方法之一，也等于在说身份的制造并非一种单一的原创性的事情，而是一个重复的过程"。

元小说是"关于小说的小说，即在小说内包含对自身叙事和语言特性的评论"，元小说作家们直接宣布自己是虚构的产物。其叙述者在文本中自我暴露叙述和虚构的痕迹，甚至在文本中公然讨论各种叙事手法，这些成为元小说最鲜明的特征。作为"自反性"的元小说首先体现的便是"侵入式叙述"，这种反传统的"侵入式叙述"模式几乎体现在所有元小说的叙事当中。评论界普遍认为，元小说中叙述者"侵入式叙述"解构了传统叙述的"似真性"特征，不仅作者对于整部小说的创作有着深刻的自我意识，而且元小说的读者在阅读过程中自始至终都能够清醒地意识到小说的虚构本质，小说不过是叙事的产物，而非真实世界的再现。大多数元小说喜欢采用全知视角，凸显了叙述者的存在及其对文本世界的高度介入。冯内古特就是将"侵入式叙述"贯穿到底的元小说作家,他在小说《冠军早餐》(*Breakfast of Champions*)中,以第一人称"我","侵入式叙述"到小说中去,成为小说的一个人物并与小说中的其他各色人物面对面相遇。他们甚至展开对话:"我是你的创造者。""我"说:"你现在正处在一本书的中间——确切地说,快结尾的地方。"这种叙述不仅揭露了元小说的虚构性,也把小说如何创造假想世界揭示给我们看,让读者不仅是一个阅读文本的人,而且是一个参与文本写作的人。冯内古特的封笔之作《时震》(*Timequake*)更是没有连贯的情节,没有时间的顺序,没有逻辑的关联,也没有开头和结尾。冯内古特本人也是《时震》中的一个人物——小说中的作者,他既是叙述者又是人物。作为作者的冯内古特与小说的人物特劳特有着惊人的一致性:二人同为科幻小说家,长相相似,都在讲述故事,写作风格也一致,喜欢用反问句作为插入语独自成为一段。冯内古特故意混淆有叙述功能的作者与作家特劳特的差异性,这恰恰破坏了这种文本的封闭性,也使得读者被迫以自己的想象力和分析能力颇费工夫地去判断到底谁在讲故事、谁在故事中作为人物出现,以及他们之间错综复杂的人物关系所形成的叙述层次关系。

第二节　元小说书写对后现代小说世界的重构

一、自我指涉与露迹

元小说是"关于小说的小说",这个定义本身就有很强的"自指性",也就是20世纪西方文学理论中一个文学术语"自我指涉性"(self-referentiality)。自我指涉性这一术语的使用最早出现在研究形式主义和结构主义的文献中,比如杰姆逊的《语言的牢笼》(*The Prison-House of Language*)和霍克斯的《结构主义和符号学》。步朝霞认为,自我指涉的基本含义是指:"文学将读者的注意力吸引向其自身的特性,自我指涉性是后现代元小说的重要特征,通过自我指涉性,后现代元小说家们重构了后现代主义的小说世界。"从逻辑上说,所有文学自身的要素都可以成为这里所谓的"自身",但是在自我指涉性提出的具体背景下,"文学自身"就具体为"文学形式"了。由此可以看出,"自我指涉"的重要性在于"他指"功能,因为在现实生活中,不表示任何意义的语言符号是不存在的。

自我指涉性有两个基本要点:一是"将注意力吸引到信息本身";二是由于陌生化而导致"更新意识的功能"。罗曼·雅各布森(Roman Jakobson,1896—1982)

《何谓诗》(*What is Poetry*)中指出了如何"将注意力吸引到信息本身",他指出"诗性表现在哪里呢? 表现在词使人感觉到它作为词本身,而不是作为所指的事物或情绪的爆发而存在。表现在词、词的组合、词义因其外部的和内部的形式本身而获得重要性和价值,而不是因其直接指涉外部现实"。这里的诗性便是文学性,所以文学性就表现在词的用法中。但是这种说法是建立在指称用法基础上的直接指涉,否定了语言指涉的难度,这样就有了"更新意识的功能",将目光转向文学自身的存在。文学就不再只被看作再现内容的工具,文学"自身"这种形式就受到更多的关注。所以,杰姆逊在《语言的牢笼》中以"从形式到内容的质的转变"界定自我指涉性,因为自我指涉的结果正是使得形式转变为内容。他认为自我指涉性有三个基本要点:一是对形式的意识;二是这种意识表现为作品的内容;三是自我指涉性的最终实现依赖于读者的注意。看看步朝霞对此的解释,首先,不是形式本身,而是对形式的意识构成了小说的内容。因为形式只存在于文学作品,或者说文学作品必然以一定的形式获得呈现,这是毋庸置疑的。其次,倘若对形式的意识只发生在作家的创作过程中,而不表现在文学作品中,那还不能构成自我指涉性。所以,具体来说,元小说强调"自我指涉"就是要凸显自身的文本形式,并使得形式本身吸引读者的注意力。

什克洛夫斯基(Victor Shklovsky)在《斯特恩的项狄传:风格评论》(*Sterne's Tristram Shangdy:Stylistic Commentary*)中就指出《项狄传》的自我指涉性:"总之,斯特恩就是突出小说的结构。通过违反形式,他迫使我们注意到它;并且,对于他来说,这种违反规则对形式的意识构成了小说的内容。"而根据吸引注意的方式,有学者将什克洛夫斯基的自我指涉性分为两种:一种通过表演(through performance),一种通过宣称(through statement),也可称为表演的自我指涉性和宣称的自我指涉性。

以什克洛夫斯基对《项狄传》的评述为例,"我现在回到斯特恩的情节发展技法,用几个例子来说明对形式的意识构成了小说的主题"。先看看表演的自我指涉性。特里斯特拉姆的"母亲"偷听"父亲"的谈话,在门口站得很累,这个情节迟迟没有得到发展,然后叙述者突然说道:"我决定让她保持这个姿势5分钟,等我将厨房的事情交代到这个时候,再回到母亲这里。"可是叙述者将厨房的事情交代完之后并没有回到母亲那里,小说又写了几页之后,叙述者才再次回到这个情节:"要是我忘了母亲还在那里站着,我就该千刀万剐。"可是即使这样表述后,叙述者仍然没有接着这一线索继续下去,他又穿插了一些别的话题,又过了几页离题的叙述后,叙述者才把母亲从那个累人的姿势中解放出来,"然后,母亲'哎呀'一声,推开门……"至此,这个小小的情节才算有了交代。众所周知,传统小说故事发展是线性的,故事的线索是连贯的。而在斯特恩的《项狄传》中,故事发展的连贯性和故事的情节、线索不断地被打断,这挑战了习惯于传统小说叙事方式的读者的阅读习惯,读者被吸引到小说文本本身的形式上来。

而宣称的自我指涉性使陌生化的文本形式一望而知,更加吸引读者注意。《项狄传》中谈论叙述时间和故事时间的例子便是典型。

"这个月,我比12个月前又长了一岁。而且,如您所见,已经写到了第4卷的中间——可是还没有超出我第一天的生活——很明显,比开始写的时候,又多了364天要写。这样看来,我不但没有像一般的作家那样往前进行,相反,在我写的时候,我把自己抛回到了很多卷之前。"

斯特恩在小说中讨论了叙述时间和故事时间的分离,违反了小说的形式,他的故事时间比叙述故事时间提前了一年,并且表明写作的内容远远跟不上生活的步伐,表明文学面临的困境,迫使读者注意到小说形式本身,突出了小说结构的讨论。通过对小说叙述时间的变形处理来表达对外部世界的观点,这是宣称的自我指涉性在文本之中讨论形式的问题,公开讨论"文学程式"的问题使文本的指向不再是小说的情节,而是文学自身,这种自指性明显是元小说的特点。元小说的这种自我指涉性发生在文学程式层面,让文学不仅指向外部世界,也指向自身的程式,它指向小说本身的叙事语言、文本结构和构思技巧,斩断了与现实的关联,突显文本的自我意识和文本形式。

约翰·巴思的《生活故事》也体现了元小说的这种自我指涉性,他在小说中明确谈到了作者和读者的关系。作者在写作关于生活的故事,而对生活的写作实际上就是在不停地讲故事。因此,每一位作者都不能停下来,否则,读者就会判处作者"死刑"。《生活故事》中的众多叙述者讲述的实际上是自己的"生活故事",这些故事既是真实的,又是虚构的。文本间的相互指涉使每一个讲述的声音都意识到自己在重复、在虚构,生活就是一种重复,指涉创作也是如此。这与《项狄传》中所指涉的文学创作面临的困境一样。

赵毅衡在《窥者之辨》中提出的"露迹"便是元小说的自我指涉性的体现,即在文本中自我暴露叙述和虚构的痕迹。"露迹"革命性地颠覆了传统小说的叙事方式与手法,是元小说在文本形式上最显而易见的陌生化。"露迹"又被称为作者介入、作者闯入、打破框架等,也就是作者在讲故事的同时将文本虚构的痕迹暴露在读者面前,不仅宣称小说就是虚构,而且在文本中堂而皇之地讨论自己使用的各种叙事技巧。"露迹"包括作者在小说中直接暴露故事的虚构性、写明自己创作的过程、讨论自己小说的叙事技巧;在文本中与读者对话;小说作者以小说的某个角色出现在文本中;等等。元小说的"露迹"手法,颠覆了传统小说理论"再现真实"的想法,引发人们对于现实世界的思考。在元小说的很多作品中都可以看到在叙述过程中作者的故意暴露虚构性,堂而皇之地在叙述中插入自己的设想、故事情节的发展、小说的创作手法等,或解释、或评论、或反讽、或戏仿,目的就在于提醒读者注意故事的虚构性,体现超现实色彩,让读者了解现实的混乱。这是后现代元小说家们在小说的创作手法和语言形式上进行的革命性的尝试。

冯内古特的《五号屠场》是一部"关于如何写这部小说的小说",小说中"露迹"明显。非虚构的作者库尔特·冯内古特进入了小说文本,迫不及待地出现在前台,介绍他是谁,他去过什么地方,他有一个什么样的写这部小说的计划:"小库尔特·冯内古特,第四代德裔美国人,现住在科德角,生活富裕(抽烟很凶),曾当过美国步兵团丧失战斗力的侦察员,作为一个战俘,目睹了德国德累斯顿——很久以前的'易北河的佛罗伦萨'——火焰炸弹轰炸,幸免于难来讲述这个故事。这是一部有点以 541 号大众星故事的电报式的、精神分裂症式的方式写的小说,飞碟就是来自那颗星。请安静。"冯内古特根据自己在第二次世界大战时的经历讲述这个故事,这是真实的还是虚构的? 在自我介绍中,他邀请读者一起回顾"德累斯顿大轰炸"这一历史事件,一起探索如何用 541 号大众星电报式的、精神分裂症式的讲故事方式来写这部小说。这种"自我暴露"式的创作手法消解了传统小说中作者居高临下的全知视角与地位,淡化了作家、读者、故事人物的角色,将读者视为文本创作过程的参与者,可以与作者进行平等交流。这一手法在一定程度上帮助读者对文本意义进行理解,使读者更接近小说家的创作初衷,同时,小说中作者、读者与人物之间距离的缩短也提高了读者探究其文本的兴趣,反思小说与现实的关系。

二、历史编纂元小说

元小说是关于小说的小说,也就是在小说本身蕴含着对自身叙事的评价,当元小说与历史编纂相遇时,历史编纂元小说便产生了。"历史编纂元小说"是哈琴在《后现代主义诗学》(*A Poetics of Postmodernism*)中提出的概念,是指那些"众所周知的通俗小说,它们既具有强烈的自我反射性,同时又悖论式地主张拥有历史事件和真实的人物"。她的这一理论纠正了许多后现代主义研究者认为后现代小说纯粹是语言游戏、无深度、价值中立的偏见。

哈琴对纯粹"自指"式的元小说和以一种悖谬的方式关注历史和社会的元小

说作了区分。她指出,的确有一部分进行极端的形式实验、沉迷于文字游戏、卖弄形式技巧的元小说,这些作品因其精英主义和形式主义的倾向而远离了普通读者,加重了文学被边缘化的程度,她称之为"晚期现代主义激进元小说"。但另一部分元小说将后现代实验性写作与社会历史语境相联结,自我指涉的同时又悖谬地关注社会历史,而其"自指性"不仅没有削弱、反倒增强了文本对社会历史的"他指"功能,她称之为"历史编纂元小说"。

历史编纂元小说是当代元小说在经历了激进形式的实验后,向社会历史内涵的回归,避免了语言游戏的极端,是一种"新的反讽式的历史状态"。它采用历史题材,以自揭虚构等元小说的形式技巧写出了新历史主义对于历史叙事的看法,将历史作为故事来讲的过程凸显了历史的虚构性和叙事性,并揭露虚构背后的权力话语和意识形态。新历史主义认为,历史和小说一样,是语言的"建构物",这种语言建构物在叙事形式上是高度惯例化的。文学创作不是消极地反映历史事实,而是积极参与和创造历史意义的过程,甚至通过这一复杂的文本解释对政治话语和权力话语进行重新检视,表现为文学的历史性和历史的文学性趋势。

历史编纂元小说是元小说叙事手法与历史编纂学的结合,以悖谬的方式关注历史和社会,既自指又他指,既自我反射,同时又揭露真实的政治和历史的现实。历史编纂元小说包含以下要素:第一,它是元小说,通过各种创新、反传统、非线性的手段,来呈现小说虚构现实的过程,是关于小说创作的小说,具有一般元小说的自我指涉、自揭虚构的特点;第二,它运用历史素材,哈琴认为,"虽然对自身作为人工虚构物之本质有着强烈的自我意识",但仍然试图通过对历史事件和历史人物的频繁调用而"使它的读者和书页以外的世界重新联结起来"。另外,它通过对历史的重访(revisiting)和重构(reworking)以及在此过程中对虚构的暴露,凸显历史"被建构"的特征,进而揭露"客观""真实"的历史文本中隐藏的叙事逻辑和意识形态,揭露历史是怎样按照话语霸权被虚构的。哈琴指出,"历史编纂和小说中的叙事惯例,不是意义制造的约束,而正是意义制造的必要条件"。《法国中尉的女人》中的叙述者按照叙事惯例——进行自我揭底,从而解构了"历史真实"。基于此,历史编纂元小说喜欢采用两种叙事方式多角度叙事,颠覆传统小说关于主体性的概念。它多采用互文和戏仿的方式,正如哈琴所说,"后现代的互文性是对以下两种渴望的形式上的表现:既想填平过去和今天读者间的鸿沟,又想在新的语境中重写过去"。它直面文学文本表现的过去和历史编纂的过去。

《法国中尉的女人》中有两层叙事,第一层以现实主义的方式"真实地"呈现了一段维多利亚历史。第二层叙述者却在安排故事进展的过程中公然站出来讨论叙事技巧,把现实主义叙事小心隐藏的、用以营造"真实性"的伎俩全盘抖搂出来:"如果我到现在还装成了解我笔下人物的心思和最深处的思想,那是因为正在按照我的故事发生的时代人们普遍接受的传统手法(包括一些词汇和'语气')进行写作:小说家的地位仅次于上帝。"叙述者通过对虚构的自我暴露、对叙事惯例的自我揭底,还进一步揭露了所谓的"历史真实"不过是叙事惯例的建构物。

托妮·莫里森(Toni Morrison,1931—2019)的《爵士乐》(Jazz)同样充满历史真实与虚构的悖论。《爵士乐》对历史真实性的拷问,是通过不可靠的叙事策略来实现的,故事内容前后矛盾不相符,叙述者在作品中直接论及虚构话题。"他们知道我有多么靠不住;知道我那全知全能的自我是多么可怜、可悲地掩盖着自己的软弱无能。知道我编造着有关他们的故事的时候——自以为干得漂亮极了——完完全全被他们攥在了手心里,无情地操纵来操纵去。"通过把现实和想象进行对比,莫里森让读者理解现实。

总之,历史编纂元小说通过对历史文本的虚构本质和其虚构背后权力话语的揭示,指向了历史再现的意识形态内涵。正如哈琴总结的那样,"历史编纂元小说对其处境的强调——文本、制造者、接受者、历史和社会的语境——重新设置了一种(非常问题化的)社会事业"。

三、拼贴与戏仿

拼贴是后现代主义最常用的手法之一。后现代主义反对中心性、整体性和系统性,借用解构主义的方法批判、破坏和颠覆传统的宏大叙事,消除中心的指涉功能,倡导文本的多义性和不确定性,写作仅仅是一种"语言游戏"(language games)。哈桑认为,后现代主义者只是拆解,所有他假装信赖的东西只是片段。在后现代主义元小说作家看来,世界是由片段构成的,但是片段之和并不能构成一个整体。支离破碎的片段组成一个新的文本,创造了一幅文字上的拼贴画。现在,很多学者认为拼贴也是互文的一种,因为拼贴将一种文本植入另一种文本中。拼贴得好就会创造出一个新真实,这个新真实,可以是对它源于另一真实的评论。在巴塞尔姆的《白雪公主》中,美国"垃圾"文化的碎片被穿插在小说文本之中,让表面低俗甚至如垃圾一样的碎片有了新的意义。由此看来,元小说的写作已经使自身从表达意义的维度中挣脱出来,而仅指涉自身。写作犹如游戏,在不断超越自身的规则和违反其界限中展示自身。

后现代的元小说超越、否定和抛弃传统意义上的小说和现代主义小说,构建一整套崭新的小说模式，使作品进入一个语言和符号的世界。元小说作家们运用技巧将这些语言、符号解构并重构，采用拼贴手法，把一些"无客体关联"的话语、符号拼凑在一起。

"拼贴"一词源于绘画，主要是指将报纸、木片、纺织物等非绘画的异质材料拼贴在同一幅画里，从而使不同的材质在碰撞和对抗后产生新的意义。在小说中，拼贴指一部作品包容各种典故、引文和外国表达法等，或者将不同作家作品中的词语、句子、段落掺杂在一起。如果是有意的，这便是一种"戏仿"。

一部精致的拼贴便是一个文本，这种将毫不相干的碎片构成一个统一体的方法，打破了传统小说的理性叙事方式，往往可以收到意想不到的效果。在后现代元小说作家的文本中，结构消失了，中心消失了，连续性被打断，碎片成了唯一的存在。元小说作家将文本分割成一个个相对独立的片段，然后在同一平面上加以组合，在组合中体现出构思意图来，从多个视角展示，创造出空间上的不确定性。如威廉·加斯（Willian Gass, 1924—2017）的《在中部地区深处》（*In the Heart of the Heart of the Country*）中有 36 个小节，每个小节都有一个小标题，"一个地方""天气""我的房子""一个人""电线""教堂""政治"等，每一个小节都描绘了一个孤零零的画面，彼此之间没有时空的联系，没有中心，没有主次，没有权威，只有语言的碎片构成的一个不确定的整体，给读者以无限思考的空间。

拼贴也是美国华裔文学的一大特色。赵健秀采用这个手法，把中国文化、美国文学、英国文学和美国电影等有机地融为一体，形成一个文化大杂烩，他笔下的世界是个大拼贴，既有中国古代的关公，也有美国现代的陈查理；既有英国作品中的甘加丁，也有中国神话中的盘古、女娲；既有好莱坞的电影，也有桃园三结义。通过运用"拼贴"这个后现代主义技巧，赵健秀创造出跨越时间和空间的叙事。他利用盘古开天辟地和女娲补天这两个在中国家喻户晓的神话，将小说分成四部分："开天辟地""大千世界""下层社会"和"美丽家园"，并根据这四部分展开叙述。通过拼贴，作者把不同时代的、看似毫不相干的陈查理和龙曼·关融为一体，让其分不出彼此，表现美国华裔渴望得到白人的同化，渴望得到"种族主义之爱"的现实。诚如美国后现代主义小说家巴塞尔姆所说的，"拼贴的要点在于不相似的事物被粘在一起，在最佳状态下，创造出一个现实。这一新现实在其最佳状态下可能是或者暗示对它源于其中另一现实的评论，或者，还不只这些"。

戏仿，或称戏拟，也被称为"滑稽模仿"，是后现代主义元小说家们常用的技巧。在元小说的诸种技巧中，戏仿是最早出现的形式。根据李丹的解释，所谓戏仿，就是用"表面上忠实，实际上颠覆的方式来对某个叙事成规或意识形态方面具有代表性的前文本或某种模式的叙事技巧进行扭曲和夸张的模仿"。杨仁敬认为，元小说的戏仿表现在"他们在作品中对历史事件和人物，对日常生活中的某些现象，对古典文学名著的题材、内容、形式和风格进行夸张的、扭曲变形的、嘲弄的戏仿，使其变得荒唐和滑稽可笑，从而达到对传统、对历史、对现实的价值和意义，以及对过去的文学范式进行批判、讽刺和否定的目的"。

　　前面我们提过，后现代的历史编纂元小说通过对历史、宗教、伦理、意识形态，以及这一切操纵下的生活方式的戏仿来重构后现代主义的小说世界。而巴赫金（Bakhtin）在分析戏仿的各种形式后认为，戏仿"可以把别人的语言当作一种风格来模仿，这是模仿风格。又可以把别人的语言当作一种社会阶层的典型语言，或者独具特色的个人语言，模仿其观察、思索和说话的方式格调。其次，讽刺性模仿的深度会有不同：可以只模仿表面的语言形式，也可以模仿他人语言相当深刻的组织原则"。

　　哈琴认为，元小说对于通俗文学成堆的戏仿是"悖论"的：它既是对成规的使用又是对成规的滥用，是"经过授权的对惯例的侵越"。而戏仿式元小说正是通过对经典作品的重构以及对人们所熟悉的成规的破坏，向人们提供创新之物。通过戏仿，元小说作家们使俗滥的成规在新的语境中发挥重要的功能。

　　戏仿主要分为以下几类。第一类是对文学经典模式和叙事技巧的戏仿。例如，《堂吉诃德》对中世纪骑士文学的戏仿，通过戏仿表达对某种文学模式的态度。第二类是对经典神话的戏仿。例如，巴塞尔姆的《白雪公主》就是对经典童话《白雪公主》的戏仿。第三类是对历史、宗教的戏仿。例如，库弗的《公众的怒火》通过描写罗森堡夫妇间谍案中涉及的国内外事件——东西方冷战对抗、朝鲜战争、美国的政治阴谋和文化活动等戏仿了美国冷战时期的意识形态和历史，而《公众的怒火》的结构显然戏仿戏剧的框架安排。

　　所以，可以看出，元小说作家们运用戏仿使作品达到了反中心、反权威的目的，运用语言游戏为"处于后现代社会的政治、文化和语言夹缝中苦苦寻求出路的知识分子们提供了一个既可以享受自由和快感而又不必承担相应责任的诱人图景"。

参 考 文 献

[1] ALTER R. Partial Magic The Novel as a Self – Conscious Genre [M]. Berkeley: University of California Press,1975.

[2] CURRIE M. Metafiction [M]. London:Routledge,2014.

[3] GUERRA J. Metatext as Cognitive Metonymy:An Experientialist Approach to Metafiction [J]. Augusto Soares Da Silva. 2004(2):519 – 526.

[4] WHITE P H,WHITE H V. Tropics of Discourse:Essays in Cultural Criticism[M]. Maryland:Johns Hopkins University Press,1978.

[5] MCCAFFERY L. The Metafictional Muse[M]. Pittsburgh:University of Pittsburgh Press,1982.

[6] HUTCHEON L. A Poetics of Postmodernism:History,Theory,Fiction [M]. London: Routledge,1988.

[7] MCCAFFERY L. As Guilty as the Rest of Them:an Interview with Robert Coover [J]. Critique Studies in Contemporary Fiction,2000,42(1):115 – 125.

[8] NÜNNING,ANSGAR. The Creative Role of Parody in Transforming Literature and Culture:An outline of a functionalist approach to postmodern parody [J]. European Journal of English Studies,1999(2):123 – 137.

[9] MAZUREK,RAYMOND A. Metafiction,the Historical Novel,and Coover's The Public Burning[J]. Critique Studies in Contemporary Fiction,1982,23(3):29 – 42.

[10] PAULSON W R. Metafiction as Cognition[J]. Contemporary Literature,2004,45(3):563 – 568.

[11] WAUGH P. Metafiction:the Theory and Practice of Self – Concious Fiction [M]. London:Routledge,1984.

[12] 毕光明,姜岚. 纯文学的历史批判[M]. 北京:北京大学出版社,2013.

[13] 步朝霞. 形式作为内容:论文学的自我指涉性[J]. 思想战线,2006(5):96 – 100.

[14] 陈世丹,孟昭富.《公众的怒火》:后现代神话与元小说[J]. 湘潭大学社会科学学报,2003,27(5):118 – 122.

[15] 陈后亮. 历史书写元小说的再现政治与历史问题[J]. 当代外国文学,2010(3):30 – 41.

[16] 陈世丹. 英国后现代主义小说详解[M]. 天津:南开大学出版社,2013.

[17] 洛奇. 小说的艺术[M]. 王俊岩,译. 北京:作家出版社,1997.

[18] 方凡. 威廉·加斯的元小说理论与实践[M]. 杭州:浙江大学出版社,2006.

[19] 詹姆逊. 语言的牢笼:马克思主义与形式[M]. 钱佼汝,译. 南昌:百花洲文艺出版,1997.

[20] 沃尔顿. 扮假作真的模仿:再现艺术基础[M]. 赵新宇,陆杨,费小平,译. 北京:商务印书馆,2013.

[21] 高孙仁. 元小说:自我意识的嬗变[J]. 国外文学,2010(2):3-8.

[22] 何江胜. 后现代主义文学中的语言游戏[J]. 当代外国文学,2005(4):93-98.

[23] 怀特. 后现代历史叙事学[M]. 陈永国,张万娟,译. 北京:中国社会科学出版社,2003.

[24] 杰姆逊. 后现代主义与文化理论[M]. 唐小兵,译. 北京:北京大学出版社,1997.

[25] 荆兴梅. 托妮·莫里森三部曲的历史编撰元小说特征[J]. 外国语文,2012(1):30-34.

[26] 哈琴. 后现代主义诗学:历史·理论·小说[M]. 李扬,李锋,译. 南京:南京大学出版社,2009.

[27] 李丹. 从形式主义文本到意识形态对话:西方后现代元小说的理论与实践[M]. 北京:中国社会科学出版社,2017.

[28] 李琳. 罗伯特·库弗的元小说创作[M]. 北京:清华大学出版社,2016.

[29] 凯南. 叙事虚构作品[M]. 姚锦清,黄虹伟,傅浩,等译. 北京:生活·读书·新知三联书店,1989.

[30] 刘建华. 危机与探索:后现代美国小说研究[M]. 北京:北京大学出版社,2010.

[31] 库弗. 公众的怒火[M]. 潘小松,译. 南京:译林出版社,1997.

[32] 柯里. 后现代叙事理论[M]. 宁一中,译. 北京:北京大学出版社,2003.

[33] 罗斯. 戏仿:古代、现代与后现代[M]. 王海萌,译. 南京:南京大学出版社,2013.

[34] 卡勒. 结构主义诗学[M]. 盛宁,译. 北京:中国社会科学出版社,1991.

[35] 热奈特. 叙事话语 新叙事话语[M]. 王文融,译. 北京:中国社会科学出版社,1990.

[36] 赵一凡,张中载,李德恩. 西方文论关键词[M]. 北京:外语教学与研究出版社,2006.

［37］申丹,韩加明,王丽亚.英美小说叙事理论研究［M］.北京:北京大学出版社,2005.

［38］康纳.后现代主义文化:当代理论导引［M］.严志忠,译.北京:商务印书馆,2002.

［39］童燕萍.谈元小说［J］.外国文学评论,1994(3):13－19.

［40］杨仁敬.美国后现代派小说论［M］.青岛:青岛出版社,2003.

［41］张智庭.罗兰·巴尔特的互文性理论与实践［J］.符号与传媒,2011(1):37－41.

［42］吴冶平.空间理论与文学的再现［M］.兰州:甘肃人民出版社,2008.

［43］赵毅衡.窥者之辩:形式文化学论集［M］.长春:时代文艺出版社,1996.

［44］赵毅衡.元叙述:普遍元意识的几个关键问题［J］.社会科学,2013(9):161－170.

［45］赵毅衡.当说者被说的时候:比较叙述学导论［M］.成都:四川文艺出版社,2013.

［46］朱明."元小说"的叙事手段及其操作策略［J］.文史哲,1998(3):91－98.

第四章　后现代文学作品的元小说书写

第一节　后现代元小说框架理论下的文学语篇分析

"文学语篇"被认为是虚构的文本,是作者为读者构建的虚拟世界,目的是将信息传达给读者,使其在思想和情感上做出反应。对文学语篇的理解是一个错综复杂的认知心理过程,并非语篇在读者心中直接内化,而是读者在语篇理解的过程中,将语言知识与自身经验的不同层面相关联,激活记忆中与语篇相关的背景和情景,以达到对语篇的领悟和理解。

但是在阅读的过程中,语篇和读者之间的互动过程具有不确定性,不同文化背景的读者对同一语篇的理解也有所不同。造成读者理解障碍的因素有很多,根据鲁姆哈特(Rumelhart,1942—2011)对语篇的理解,读者对文学作品误读的主要原因是读者不具备与语篇相关的"图式",也就是马文·明斯基(Marvin Lee Minsky,1927—2016)所认为的"框架"。学者针对读者对文本的阐释,认为读者可以利用框架理论的动态模式进行推理以理解作者的意图。框架的建立使读者在阅读过程中将新旧信息不断激活、整合、修正,找到与文本作者意图匹配的认知框架,以解读作者文字背后的真正意图。关于框架如何而来,欧文·戈夫曼(Erving Goffman,1922—1982)认为一方面是源自过去的经验,另一方面是由于受到社会文化意识的影响。近年来,框架理论在文学语篇分析中也有了广泛的应用,形成了许多话语框架观。

一、框架理论

框架研究(framing research)在 20 世纪 80 年代兴起,戈夫曼首次将这个概念引入文化社会学,指出"框架"是人们将社会真实转换为主观思想的重要凭据,是人们或组织对事件的主观解释与思考结构。明斯基认为"框架"是储存在记忆中的,人们可从记忆中随时调出框架中的信息作为背景知识来理解新的情景和语句,这对后来的认知语言学话语分析产生了很大的理念影响。菲尔莫尔(Fillmore)将框架概念引入语言学领域,他突破了古典范畴理论的限制,把框架看作一种经验空间,一个认知框架代表一个概念系统,是一种"与某些经常重复发生的情景相关的知识和观念"。因此可以说,语言最基本、最重要的特征之一就是必须跟认知框架建立关联,只有这样,语言符号才有导引意义的作用,意义才能被人们理解。

戈夫曼同时在研究对象(个体)、读者和研究者三个层面上使用框架概念。而曼德勒(Mandler)提出人的认知框架由两部分组成:空缺和默认值。空缺是有联系、有层次的知识体,默认值是在正常情况下填充空缺的事物。这说明框架和个人的经验相关,不同的经验实践会产生不同的框架,在阅读外语语篇的过程中,读者的认知框架能被激活,但是框架间的元素并不能完全融会贯通,会产生认知空缺,也就是说在文学作品的阅读中,一个认知框架的默认值并不一定是另一个认知框架的默认值。这也正体现了菲尔莫尔的认知框架要满足的两个要求:能体现情景和事物状态的特征以及原则上独立于语言表达。所以说,语言符的语义寄居在被激活的认知框架中,随着读者经验的累积和视野的开阔,其储存在认知框架中的语言符号也会得到扩展和修正,对语篇的理解也会越深刻。

里蒙·凯南(Rimmon Kenan)指出情景在文学创作中的作用,他说:"叙事作品中的情景本身就是人造的,人物的性格特征有可能是这些情景造就的。"所以,在文学作品中就有"情景框架"。而明斯基的框架理论从认知语言学的角度把情景看作"心理表征"和"再现老套情景的信息结构"。其实菲尔莫尔也承认情景在文学作品框架中的作用,认为框架是一种"与某些经常重复发生的情景相关的知识和观念"。而埃莫特(Emmott)首次把框架理论运用于具体的文学文本分析中,尤其是文学作品用的语境框架。他认为语境框架就是"从文本信息和文本中获取的参照知识所建立的对当前语境的信息储存",为了方便读者建构语境框架,埃莫特还创建了"框架文本"(framed text)和"非框架文本"(unframed text)。框架文本指"在特定上下文中事件所发生的地点在读者头脑中呈现并被表现出来";非框架文本指"作为主要行动的背景出现的被概括的事件"。而黄旦认为,"框架理论关注媒介生产,但并不把生产看成一个封闭孤立的过程,而是把生产及其产品(文本)置于特定语境——诸种关系之中"。他将特定语境关系分为两类:"一是把文本自身作为一个自足体系(刻意强调的、阐释的和呈现的符码),考察其内在的关系及由此所凸现的意义;二是文本生产和整个外在环境的关系(重要的制度化部分),捕捉二者之间所具有的张力以及对文本意义的影响。"

二、元小说的框架理论

元小说的框架有两大特点，一是"自我指涉"，二是"打破框架"。这种"打破"只是反传统，并不是没有框架。后现代元小说也是运用框架来凸显其在生成意义过程中的地位和作用。现在我们知道，元小说的具体表现手法有四种，即反讽戏仿、片段拼贴、矛盾开放和任意时空，所有这些手法的运用都不是元小说家随心所欲的安排，而是依据"框架分析"（frame analysis）的原则。只不过，传统"框架"概念指的是一种严密的结构、构造或体系，而元小说家们对这种框架的严密性提出了质疑，形成了自己的框架观。

戈夫曼把"框架"界定为"主宰事件进程的原则"，指的就是人们在认识事物并试图加以界定时都得依赖某些主观的原则。后现代的元小说家们对此提出了质疑，那就是，如果人们创造、认识历史和艺术的过程本身不得不借助这样或那样的框架，那么依靠这种框架建立起来的现实观、历史观和艺术观是否就不存在问题呢？为了回应这个问题，元小说家们对"框架"进行了分析，对传统概念中的小说框架进行反思和剖析。他们首先提出的问题是：小说的框架究竟从何开始？是从小说的封面开始呢，还是从小说的标题开始？或许应该从小说家打草稿、写提纲、记笔记的那一刻开始？甚至应该从小说家开始构思的那一刻算起？这样有关起源的问题，基本是没有答案的。这样的话，小说框架的结束也构成了问题，小说的结尾是它的封底呢，还是它的最后一个印刷符号？像《法国中尉的女人》，福尔斯为该书提出了三种不同的结局。英国小说家格雷厄姆·格林（Graham Green，1904—1991）干脆宣布："任何故事既没有开端，也没有结尾，人们武断地选择生活经历中的某一时刻作为回顾历史或瞻望未来的支点。"元小说的作家们打破常规的框架，将各种元素重新进行排列、组合，并且明确地告诉读者，即使是印刷成书的小说，其框架也是可以变动的，只要读法得当，读者可以通过变动框架来无止境地把握小说的内容。正如哈桑所说，后现代元小说的作家们"选择并列关系而非主从关系形式，选择换喻而非暗喻，精神分裂而非偏执狂。他们因而求助于悖谬、悖论、反依据、反批评、破碎的开放性、版面的空白"。而打破框架，形成不是框架的框架也正是元小说的魅力所在，让作者有了无限再创作的空间。

三、框架理论下元小说语篇分析

兰盖克（Langacker）提出"相同的框架是读者与作者成功实现语篇交际的前

提"，框架内的事物可以是一种对象，也可以是一个过程。语句的进展不断地为语篇注入新信息，不断地完善或更新相关认知框架，补充背景知识，帮助读者在心中不断整合成一个连贯语篇。

1. 元小说语篇的语境框架观

菲尔莫尔的框架理论从心理认知的角度证实文化语境对语篇的生成和解读具有重要意义。他既肯定许多框架是文化共有的，也承认在不同文化之间，有些框架可能在某些方面存在不足。埃莫特提出的语境框架理论，探讨读者如何在复杂多变的虚拟世界中理解人物和语境。这里的语境框架指"一个包含当前语境信息的心理存储单位，包括从语篇中直接获得的和通过推理间接获得的信息"。这些信息由文学语篇中的时间、人物和场景所构成，小说文本中的每一个片段都是一个语境框架，读者将这些片段在阅读时储存在记忆中，再将它们激活、调整、修补，以达到理解整篇文本的目的。

在外文文学语篇的阅读过程中，读者大脑中的认知框架虽有时被激活，但框架之间并未贯通，因而会出现理解障碍，无论该语言符号的短语结构或句子等生疏与否，如未理解，均可被认为产生认知空缺。卫特墨（Wertheimer，1880—1943）认为，在认知意义上，语境是一个话语的概念背景，这种背景可被认为是由各种对象、行动、过程、状态和关系这样一些概念构成的。事实上，语境框架是由语篇虚拟世界中的一系列片段组成的，这些片段共同构成了叙事语篇中由人物、时间和场景所构成的"语境配置"（contextual configuration），还含有一些关于场景的显性细节和非片段信息。读者在阅读过程中，其注意力不断在各个框架中转移和调整以做出正确的判断，理解语篇的含义。

冯内古特的小说《五号屠场》是美国后现代主义元小说和黑色幽默的代表作。在这部作品里，作家将幻想与历史相结合，小说中融入科幻、戏剧、诗歌等元素，是一部很难理解的作品。但是如果将这部作品置于语境框架之下进行分析就会清楚得多。第一，这是一部反战的历史小说，读者最初生成的语境肯定和战争有关，这样在读者的头脑中就激活了有关战争场面的语境框架。所以我们看到了主人公毕利经历了第二次世界大战、德累斯顿大轰炸、做过战俘，便了解了作者和作品主人公讲述这个故事的痛苦。第二，这是一部用科幻表现的反战小说，读者自然形成科幻的语境框架，理解作者和主人公经历过德累斯顿大轰炸后的痛苦只有在幻想中才能得以释放。作者借幻想中的 541 号大众星居民的口来表达他对战争和死亡的严肃看法。而且大众星的小说内容的展开是按空间顺序的而不是时间，这样读者就很容易接受与作者一起进行时间旅行,随心所欲地在生与死之间来回穿梭,表现人类对所遭受的痛苦的无能为力,让读者更加深刻地理解这部作品的主题——有关战争和死亡。

在这部作品中,特定的人物和事物出现在各个语境框架里,读者也不断调整和转换它们在语境信息中的地位和作用,就像主人公毕利"挣脱了时间的羁绊","他就寝时是个鳏夫,醒来时却正举行婚礼",他"随心所欲地回到他的生与死之间的一切事件中去"。而这种"没有开头,没有中段,没有悬念,没有说教,没有前因,没有后果"的意识流的蒙太奇表现手法在语境的不断转换中被读者所接受并认同,进而使其理解整个事件的核心——德累斯顿大轰炸是无法用常规手法来描述的。

2. 元小说语篇的社会文化框架观

框架会产生一些社会文化含义,一个框架与另一个框架可能会表现出一定的社会文化差异。具体来说,在认知心理学上,知识表征含有定义性信息、描述性信息和程序性信息,而这些内容和方法方面的信息都具有社会文化规定性,因为信息感知都是发生在一定的社会文化背景之中的。从社会认知上看,知识可以分为个人知识和社会知识。社会知识是一个社会群体的所有或者大部分成员所共有的知识,而个人知识只与具体的人相关。社会知识具有"规约性",而个人知识具有特殊性。个人知识与社会知识可以发生重叠,但不完全相等。在社会知识条件下,相同的知觉在不同的知觉者中会产生相同的心理状态,进而导致相同的推理和预期。而个人知识与社会知识的差异则会导致相同的知觉产生不同的心理状态,进而导致错误推理或者预期中断。基于这种认识,话语语言学家便形成了社会文化框架观。这样基于两种不同文化框架的理解对于解读文学语篇就非常重要。在应用框架理论对自己和别人的社会角色进行框定时,涉及的角色关系可能是比较简单的"一对一"的关系,也可能是"一对多"或"多对一"或"多对多"的关系。而在角色分配上,不仅要考虑交际一方给自己选择了什么角色,还需要考虑另一方对这种角色分配所采取的态度,这样才能实现对文学语篇的真正解读。

有时候在语篇中作者不会总是交代清楚语境中的具体信息,这样就形成了"缺席值"。明斯基在他的框架理论中提出了"缺席值"的概念,他指出,在框架的槽道中充满了缺席值,当槽道中缺少某种值时,系统本身就会自动把缺席值赋予其中。就像莫里森的小说《柏油娃娃》(*Tar Baby*)发生的背景与《失乐园》的故事颇为相似。读者大都对《失乐园》的故事情节很熟悉,自然就能理解《柏油娃娃》中伊甸园里的人们的种种弱点,和他们等待着的让他们能面对自身的撒旦——"蛇"的到来,因为"蛇"可以让他们看到从精神上的无能状态解救出来的真理。基于这种文化语境的信息,读者很容易理解作者想要揭示的主题,伊甸园并不存在,对于美国黑人来说,"探寻身份"这一意识并不能跟上时代的发展。

此外,理解文本的过程需要搜索或感知框架,装配此类框架的知识到文本世界的某些"想象""推理"中需要一系列的环节。在阅读过程中,读者有可能因为自身原因而产生误解,这时"修补"机制就会促使读者复读语篇中令他们误解或困惑的地方,利用自身的文化语境知识对语境框架所做的种种假设进行"框架修补"(frame repair)。通过重新理解框架中的某一元素而引起对整个框架的回顾性调整,以达到对语篇的理解。莫里森的另一部经典之作《宠儿》(Beloved)便是通过社会文化框架间的相互碰撞以达到揭示其主题和引起读者共鸣的目的。《宠儿》是一部"我不愿回忆,黑人不愿回忆,白人不愿回忆"的历史。大众的社会文化框架意识里,黑人的历史必定充满血泪,形成观念框架(belief frame)。在这种文化观念下,主人公塞丝的杀婴事件好像并不那么难以接受,只是会好奇地阅读下去,她为什么要杀死自己的孩子? 这样作者的多重叙事声音才得以继续,从而让读者介入小说中,与人物一起同步经历"重现回忆"的痛苦与心灵愈合的过程,参与到对黑人女性历史的回望之中。让读者与小说中的人物同步体验"黑奴的内心生活",尤其是女性黑奴的生存状况和精神世界,从而表现出作者独特的女性观:号召黑人女性能够直面历史,重新建立自我身份,最终获得精神上的真正解放。

框架理论将心理表征的概念融入语篇理论,是对当前认知语篇研究的一个有益补充,开辟了一条集语言、文学为一体的跨学科研究的新思路。在元小说的语篇阅读中,读者依据语句所提供的信息和自身所具有的内在认知框架,激活上下文概念成分之间的照应关系,努力获得推理上的顺应性,使语篇建立一个统一的认知框架以理解整个语篇。由此更能理性地把握文学欣赏的实质,文学所具有的语言特征与价值也在框架的建立和推理过程中得以体现和证实。

第二节 《五号屠场》的元小说书写

一、作家和作品介绍

库尔特·冯内古特是美国极具影响力的后现代主义作家之一。他的代表作《五号屠场》是公认的美国后现代主义小说的杰作,被认为是"美国后现代文学的里程碑"。冯内古特 1922 年 11 月 11 日出生于美国印第安纳州印第安纳波利斯,祖先是 19 世纪中叶来自德国的移民。因为第一次世界大战,美国社会反德情绪甚嚣尘上,德国人及其后代备受歧视,这给冯内古特幼小的心灵留下了浓重的阴影。1940 年,冯内古特离家去康奈尔大学就读,主修化学,同时为《康奈尔太阳报》撰稿。作为德裔美国人,冯内古特的民族身份在第二次世界大战时受到了严峻考验。战争初期,冯内古特坚决反战,为《康奈尔太阳报》撰写了不少反战文章。但在日本军队偷袭珍珠港之后,他改变了立场,大学未毕业便志愿应征入伍,赴欧洲参战。1945 年,美英战机向德累斯顿投放燃烧弹,他和同伴被派去清理尸体,这是他生命中最重要的经历。"浓烟高耸入云,火焰铭记着愤怒,那么多由德国人的贪婪、空虚和残忍造成的死亡带来的心碎。"这次经历成为《五号屠场》的原始素材。战争结束后,冯内古特回到美国并结婚生子,1947 年冯内古特搬到纽约,在美国通用电气公司公关部任职。冯内古特的第一部小说《自动钢琴》(*Player Piano*)于 1952 年出版,小说描写了一名工程师受雇于一家类似于通用电气的公司,最终这位饱受摧残的工程师揭竿而起,带领同事们摧毁了所有机器。

冯内古特是位高产并有极大影响力的作家,他的其他作品如《冠军早餐》《囚鸟》(*Jailbird*)和《时震》等小说也在广大读者和学术界引起强烈反响。冯内古特生平写过数量巨大的剧本、散文、短篇小说,但使他成为美国反主流文化大师和年轻人偶像的,却是他的长篇小说,他著有 14 部长篇小说。作为"当今美国最有才能的作家",冯内古特摒弃了传统的小说结构和标点,他的小说是虚构和自传的混合体,常常一句话成段,大量运用惊叹词和斜体。冯内古特的小说以轻松的笔触,用幽默和嘲讽无情地揭露社会弊端,他将喜剧与精神痛苦相结合,将幻想与历史相结合,汇集了诸如诗歌、科幻、戏剧、绘画,甚至食谱等。同时,冯内古特进行了大胆的变革和创新,解构了传统小说的线性叙事模式,运用元小说的叙事模式重建了一个后现代主义的小说世界。

《五号屠场》是冯内古特创作的长篇小说,小说揭示了"战争与死亡"这一严肃主题。"死亡"在《五号屠场》并不是被动的悲观等待,而是重塑和再生的必经之路。主人公毕利在第二次世界大战中随部队到达欧洲,结果被德军俘虏,在德国德累斯顿的一个地下屠宰场做苦工。德累斯顿是一座历史悠久的美丽古城,没有任何军事目标。然而就是这样一座城市,1945 年却遭到英美联军的联合轰炸,一夜间被夷为平地。毕利被关在地下冷藏室而幸免于难,然而这段感受却给他造成无法愈合的精神创伤。他经常出现幻想,在梦中他遭遇飞碟绑架,被送到 541 号大众星,像动物般被展出和观看。毕利在梦中经历了纳粹集中营与未来星球世界的生活,他在过去和未来之间来回穿梭,去寻找问题的答案。小说跨越时空的界限,将战争的真实与科幻的奇异交织起来,在新奇的视野中揭露真实,成为 20 世纪美国重要的小说之一。

后现代主义小说"对小说形式和叙事本身的反思、解构和颠覆,造成了传统小说及其叙事方式的解体,在宣告传统叙事无效的同时,确定了自己的合法化方式"。因此,这种小说被称作反传统小说或元小说,也就是"关于小说的小说"——即在小说内包含对自身叙事和语言特性的评论。元小说是 20 世纪六七十年代当代美国实验小说里引人注目的文学现象。美国小说家兼评论家威廉·加斯在他的论著《小说与生活中的形象》中首次把元小说作为一种文学术语提出来。元小说的叙述者超出小说叙事文本的束缚,打断叙事结构的连续性,直接对叙述本身进行评论,使小说获得不断反思调整的自我意识。元小说创作的基本艺术特征大致通过"露迹""戏仿""拼贴"等叙事手段来体现。同时,在叙事方式上,元小说作家们打破了创作和批评之间的传统界线,中断小说的叙事性话语,把小说创作的痕迹有意暴露在读者面前,从文本与文本的关系中探讨文本的意义。此外,在语言层面上,元小说作家们的语言表述只是"一种纯粹受语言逻辑左右的语言建构"。写作犹如语言的游戏,目的是邀请读者参与小说的解读。美国后现代主义的小说都体现了元小说的叙事特点,冯内古特的《五号屠场》更是元小说的典型代表之作。

二、蒙太奇式的元小说叙事形式

以元小说形式出现的小说,其叙事形式是反传统的,是按空间安排的,而不是按时间,其松散的结构,就像电影的蒙太奇式的叙事手法。蒙太奇是有意识的组合,拼贴则是无意识的大杂烩。这种蒙太奇式的叙事形式更像是一种"精神分裂症",过去和未来的时间观念已消失殆尽,通过对读者感官的刺激加深其对小说主题的阐释。

在《五号屠场》的书名页上,作为小说人物的冯内古特就已经登场了,他"目睹了对德国以'易北河的佛罗伦萨'而著称的德累斯顿的轰炸,幸存下来讲述这个故事"。小说写完后,他甚至毫不避讳地对出版商表达这部小说是拼凑的,"山姆,这本书又短又杂乱,因为关于大屠杀没有什么聪明的话好说"。因为"没有什么聪明的话好说",所以传统的按时间安排的叙事显然不适合讲述德累斯顿大轰炸的故事,于是冯内古特运用了如同电影蒙太奇式的叙事手法,没有悬念,没有高潮,只是各种形式的片段。小说中,冯内古特假借 541 号大众星人之口,总结了自己这部小

说的叙事特征与意图。外星人向毕利介绍,他们的书用"一簇簇简洁的象征符号"构成:

> "在541号大众星上没有电报。不过你说得对:每一簇符号是一则简明而急迫的消息,描写一桩事态,一个场景。我们阅读这些符号并不按先后顺序,而是一览无余的。所有的信息之间没有特定的联系,除非作者细心地进行加工。这样一下子读完以后,符号便在读者脑海里产生一个美丽的、深刻的、令人惊异的、活生生的印象。故事没有开头,没有中段,没有悬念,没有说教,没有前因,没有后果。我们的书使我们感到喜爱的是:一下子就看到许多美妙时刻的深奥道理。"

杰姆逊在《现实主义、现代主义与后现代主义》(*Realism、Modernism and Post Modernism*)中将这种"不按先后顺序"的"非连续性"的时间观称为"精神分裂症"。他认为:"在精神分裂症者的头脑中,句法和时间的组织完全消失了,只剩下纯粹的符号。"也就是说,在后现代人的头脑中只有纯粹的、孤立的现在。"过去和未来的时间观念已消散殆尽,只剩下永久的现在。"蒙太奇这种叙事形式将一些在内容和形式上并无联系、处于不同时空层次的画面和场景衔接起来,增强对读者感官的刺激。在《五号屠场》中,毕利"挣脱了时间的羁绊",他在过去、现在与未来之间来回穿梭,像电影的蒙太奇式叙事手法。毕利往返于生命的各个站点,去了解过去和未来所发生的一切事情。冯内古特让毕利在平行运动轨迹之间往返,从出生到死亡,从人类起源到宇宙毁灭,他一眨眼便从战场回到童年,从女儿的婚礼上失踪便被关进541号大众星的动物园,从蜜月旅行的游艇一下子就回到战俘营,又从战争中的临时庇护所"五号屠场"直接跳入失事的飞机。这样对比鲜明的时间跳跃,强调了人物命运的偶然多变和捉摸不定,给读者以强烈的思想震撼。冯内古特的叙述不是线性的,而是空间性的,这样的话,读者便可通过空间化的阅读达到与同时读完一样的效果。

冯内古特亲身经历了德累斯顿大轰炸,他感到只有这种类似意识流的蒙太奇的叙事形式才能触及德累斯顿事件的核心,讲述这"难以形容的事件",表达他对战争与死亡最严肃的看法。同时,这种时空错乱的叙事形式也为未来学说的建构提出新的时空观,认为人们只有摆脱时空的限制,方能理解和应对人类所面临的生存危机。

三、片段性的元小说叙事结构

哈桑认为:"后现代主义者只是拆解;所有他假装依赖的东西只是片段

（fragment）。他的最大耻辱是'整体化'（totalization）。"在后现代主义作家看来，世界是由片段构成的，但是片段之和构成不了一个整体。所以，元小说的作者们抛弃了传统小说的线性情节，通过丰富多彩的零碎片段来展现现实的混乱和人们精神世界的荒谬。

冯内古特很清楚，用传统小说的叙事手法来表现德累斯顿大轰炸这样的历史事件不会有任何的效果，所以他解构了传统小说的线性叙事模式，利用片段性的叙事模式将对德累斯顿轰炸的种种说法拼凑成一部小说。冯内古特既是小说主人公毕利经历的叙述者，也作为小说中的一个人物出现在小说中，他讲述他所经历的德累斯顿大轰炸，讲述他在过去23年中收集素材并写作这部战争小说的艰辛历程。所以，他幻想用时间旅行的方法来描述他在第二次世界大战中时的亲身经历。主人公毕利·皮尔格里姆和冯内古特一样经历过德累斯顿的毁灭，他在时间旅行中，"挣脱了时间的羁绊"。他时而在押送战犯的火车上，时而回到童年和母亲在一起，一会儿是眼镜师，娶富家女为妻，一会儿又被劫持到外星上。所有的情节平行进行，一边肮脏拥挤、不断有人死亡，目的地是人间地狱；另一边却舒适豪华并配有高科技设备，目的地是和平宁静的541号大众星。毕利的时间旅行跨越极大：从出生前到死亡后，从人类起源到宇宙的毁灭。他一眨眼便从战场回到童年，从女儿的婚礼上失踪被送进了541号大众星的动物园，从蜜月旅行的游艇上又回到死亡与疾病笼罩的战俘营。时间旅行不仅体现了小说叙事上的不确定性，更显示了小说中人物命运的不确定性。毕利在时间旅行中体验了死亡的滋味，也学会用外星人独特的时空观审视人类文明，了解人类战争的根源，从而变成反对战争的斗士。他用一段段碎片式的话语，冷漠、超然地表现战争的残酷和不人道，"对在火车外面走来走去的卫兵来说，每节车厢都是单个儿的有机体。它通过它的通气孔进行吃、喝和排泄。它也通过通气孔说话或喊叫。饮水、黑面包、香肠和干酪从这儿进去，尿、屎以及语言又从这儿出来"，"德累斯顿被轰炸的那天晚上，他坐在冷藏室里。头顶上似乎有巨人的脚步声。原来是对轰炸目标投下了一连串烈性炸弹。一个个巨人不停地走动着"。

对于德累斯顿大轰炸的原因历史上没有明确的定论，冯内古特也放弃写一部战争回忆录来记录历史，他尝试用这种片段性的元小说叙事结构来把自己对曾参与的事件的看法呈现出来，让读者自己参与到对这些事件的思考中，牢记战争的伤痛。正如雷蒙·费德曼在《自我反映小说》（Self-Reflection Fictions）里指出，冯内古特为写《五号屠场》曾专门前往德累斯顿等战争中经历过的地方，为的是要重新思考和修正他对那个悲惨而又荒谬的时期的看法："冯内古特并非单纯写一部小说来使我们牢记'战争究竟是什么滋味',他没有把战争回忆录奉献给读者,却以自我反映的方式把他对自己曾参与的事件的看法和反思呈现在读者面前,甚至引起读者参与对这些事件的思考,从而在这个过程中谴责这些事件的荒谬以及记叙这些事件的手段的荒谬。"

在这种广大无边的片段性的叙事结构中,冯内古特用独特的时空观"将历史和想象,现实与梦幻,历时与共时,作家和读者联系起来",共同讲述那个难言的历史事实,表现出强烈的反战倾向。但是,冯内古特并不只是简单的反战,他也用片段性的元小说叙事结构来思考解决的办法。在小说中毕利问道:"我在哪儿呀?""被陷在另一团琥珀里,皮尔格里姆先生。我们现在所在的地方距离地球3亿英里①,正在飞向'时间经线','时间经线'会把我们在数小时而不是几个世纪之内带到特拉法玛多星球上去。"冯内古特用541号大众星对于死亡的看法启发读者的思考,"当人死去时,他只是貌似死去。他在过去仍然是非常富有活力的。因此人们送葬时哭泣是非常愚蠢的。过去、现在、将来所有的时间一直存在,而且永远存在。特拉法玛多星上的生物可以看见不同的时间,如同我们一下子纵览整个落基山脉一样。他们能见到所有时间长存不灭,而且可以见到他们感兴趣的任何时间。我们地球上的人认为时间好似一串念珠,一个紧挨一个,而且认为时间是一去不复返的。这种看法只不过是幻觉。当特拉法玛多星上的生物看到一具尸体,他只不过认为这个死人在那特定的时间情况不妙,但他在其他许多时间却很好"。

四、拼贴式的元小说叙事话语

"拼贴"本是绘画的方法,现在经常被后现代主义的小说家所用,他们将各种典故、俗语、日常生活的片段、新闻等一些毫不相干的事物拼贴在一起构成相互的关联,"在最佳状态下,创造出一个现实",从而打破传统小说凝固的叙事结构,让读者感到强烈的震撼。有意的拼贴,便是戏仿。

冯内古特在《五号屠场》中以马赛克式的拼图形式呈现给读者一个时空错乱的战争故事。正如克林科维茨(Klinkowitz)所说,小说"将历史与想象,现实与梦幻,历时与共时,作家与读者联系起来"。而随处可见的拼贴便是纽带,冯内古特将罗伯特·肯尼迪和马丁·路德·金的两起被谋杀事件拼贴在一起,表达他对死亡这一主题仍不能忘却。而德累斯顿的轰炸是毕利在541号大众星上回忆起来,讲

---

① 1英里=1.609 3千米。

述给蒙塔娜听的,这便让冯内古特远离这一痛苦的场景,小说中随处可见的拼贴给人们提供了逃离苦难和危险的临时避难所。毕利参加了纽约一家电台举办的文学评论家讨论会,话题是"小说是否已经消亡的问题",而毕利却大谈他在541号大众星上的见闻,将541号大众星的时空观展现在公众面前,以此来表达他接受了541号大众星的教导——"不去理会糟糕透顶的日子,专注于美好时光"。在庆祝毕利的结婚纪念日时,冯内古特拼贴了男声四重唱《我原来的那帮人》,然后毕利感到难以忍受的痛苦。他为什么会这样?因为他听到了肯尼迪遇害,肯尼迪所许诺的"结束战争"便随之一同死去,德累斯顿的轰炸还在继续。

德累斯顿的历史纪实让人们反思战争的苦难和科技发展给人类带来的灾难。当然,冯内古特也将希望拼贴在他的作品里,毕利办公室墙上的座右铭就表明了他积极的人生态度:"上帝赐我,以从容沉着,去接受我所不能改变的事物;以勇气,去改变我所能改变的事物;以智慧,常能辨真伪。"冯内古特用拼贴式的叙事话语暗示他对现实的另一种评论,将战争的真实与科幻的虚构交织在一起,这也有助于人们更好地理解人类历史,从而更豁达地看待现实生活中的荒诞和磨难。

五、不确定性的元小说叙事文本

在哈桑看来,"不确定性"是后现代主义的根本特征之一,正是不确定性揭示出后现代的精神品格。不确定性使元小说的叙事文本呈悖论式,文本的意义不是来自作者对文本的创造,而是来自读者对文本的解释。这种开放式的元小说叙事文本将小说的创作过程穿插于叙事之间,目的在于打破文本真实性的幻觉,加快读者对于文本叙事过程的反应速度。

《五号屠场》是一部关于"如何写这部小说的小说"的元小说,传统小说的叙事文本无法表明德累斯顿轰炸事件的核心和作者对于战争和死亡的态度,所以冯内古特在小说中告诉读者他要如何写这部小说,将时间空间化,将叙事碎片化,小说的一切都是不确定性的。而541号大众星的时空观想要说明的也正是后现代社会中的种种不确定性,无论是小说还是现实,人类都是自己不能控制、无法理解的力量的受害者。任何事情的发生只有"意外",没有"预见",一切都是不确定的,小说文本也一样。冯内古特评价自己的小说"又短又杂乱""是一个失败",却又不得不如此。他暗示这是一个不确定性的小说文本,"有人玩弄时钟……秒针颤动一下就算一年,然后再颤动一下又算一年"。无论是作者还是读者都在思考"面对人类世界的痛苦与死亡应该做些什么",大轰炸后的德累斯顿一片寂静,一只鸟对毕利说:

"普——蒂——威特。"小说没有解释,期待着读者的参与与解读。他也在第一章告诉读者他为什么不能用传统的有开头、中间和结尾的叙事模式来讲述德累斯顿事件:"我像一个穿行于高潮、激动、人物塑造、奇妙的对话、悬念和对抗的干非法勾当者,许多次描画了德累斯顿故事的轮廓。我曾做出的最好的轮廓,总之最漂亮的一个,是写在一卷墙纸的背面。我使用我女儿的蜡笔,每一个人物都用一种不同的颜色。墙纸的一头是故事的开始,另一头是故事的结束,剩下的就都是中间部分,那也就是故事的中间。蓝线与红线相遇,然后与黄线相遇,黄线停下,因为黄线所代表的人物死了。等等。德累斯顿毁灭是由一条垂直的橙色交叉线代表的,所有代表还活着的人物的线条都经过它,直到墙纸的另一边。"

冯内古特在《五号屠场》中的时空观为我们揭示了后现代社会的种种不确定性。小说开放性的故事结尾,让读者参与情节的选择,还不时地提醒读者注意小说的虚构性。首先,作为人物出现的冯内古特在自我介绍中就向读者发出邀请:一起回顾德累斯顿这一历史事件,由一个真实的人物来讲述这个故事,其意义将由读者阐释。在时间旅行中,毕利常常有较大的时间跨越:从出生到死亡,从战场到童年,从女儿的婚礼到541号大众星的动物园,这种时空的不确定性更显示出命运的不确定性。而每次提起死亡和毁灭,冯内古特都用一句"就这么回事"结尾,超然冷漠,不做任何评论的语气让读者更加不能忘记战争的创伤,并引起读者对现实问题的强烈关注。他还特意将主人公的死安排在前,而将获救放在小说的结尾处,这种开放性的结尾让读者不得不思考:既然死亡是确定的,历经千辛万苦赢得的自由又有何价值可言?读者是否能像冯内古特的叙述者和毕利一样接受大众星居民对于死亡的看法?这种开放性的文本将读者转换成一个类似作者的读者。冯内古特在小说中从未表现出具有赋予其文本以某个单一的正确意义的权威,他只是一个人物兼叙述者,最多是个文本的解释者,他提出各种见解,以一个与读者平等的身份参与各种争论。小说文本的意义是不确定的,期待着读者的解释。

六、黑色幽默的元小说叙事技巧

黑色幽默是美国20世纪60年代出现的一个新的小说流派,是小说艺术的新突破,又被称为"黑色喜剧""病态幽默"等。它是一种既富有喜剧意味又使人毛骨悚然的幽默小说。作为一种表现手法,黑色幽默受存在主义哲学影响较深,作家把世界理解为荒诞不经,不可理喻,悲观至极后,只是付之一笑,然后通过奇异的手法,在荒诞和真实之间建立一种似是而非的关系,从而揭示当代西方社会的一部分本质现象。对黑色幽默小说家而言,生存的荒谬只能忍受,因为它是世界不可改变的一部分。他们冷漠地把荒诞视为世界本质性闹剧的一部分。黑色幽默的写作特点一般表现为:滑稽荒诞地处理内在的悲剧题材;以揭露荒诞的社会对人的压迫为目的;突破传统的叙事结构,讲究技巧和形式的设计。冯内古特是公认的后现代主义幽默大师,他的代表作《五号屠场》无疑体现了黑色幽默的特点。

《五号屠场》用一种看似荒诞可笑的方法揭示了战争残酷、恐怖的本质。小说写的是德累斯顿空袭和第二次世界大战,但表现的焦点是死亡。在作品的第一章,冯内古特公开宣称《五号屠场》是一部反战小说。他反对的并不是某个个别的战争,而是战争本身,战争都是以人类的死亡和文明毁灭为代价的,无论什么战争都是荒谬的、野蛮的、残酷的。美英盟军对德累斯顿进行轰炸,一座千年艺术古城一夜之间便成了一个巨大的屠场。德累斯顿轰炸的死亡人数达到135 000人,而且都是无辜的平民百姓。冯内古特亲身经历过德累斯顿的毁灭,他幸免于难纯属偶然。他虚构了毕利·皮尔格里姆来讲述这"难以形容的"事件。蜡烛和肥皂是用人体的脂肪制成的,中学生在水塔内被活活煮死,牙医的电钻钻入人的眼睛……战争将人变成了野兽和牲口。德累斯顿被炸成一个像月亮表面那样坑坑洼洼的废墟,"外面是一片火海。德累斯顿成了一朵巨大的火花啦。一切有机物,一切能燃烧的东西都被吞没了"。

冯内古特在小说中每当叙述或描写与死亡有关的事件时,就重复一句"就这么回事"。他这样讽刺地球上的战争:"当炮弹爆炸时,镀铜的小块铅片在树林里交叉乱舞,嗖嗖地飞过天空,闪电般的速度超过音速。许多人被击毙或受了伤。就这么回事。"在描述死亡时他写道:"飞机在佛蒙特州的糖槭林顶撞毁,除毕利外全部死亡。就这么回事。""一具具死尸啦,他们的脚板又青又白。就这么回事。""他后来变成了战犯,在等待审讯期间自缢身亡。就这么回事。"就这样一句话表现了冯内古特对死亡冷漠、超然的态度。同时也蕴含了对不可改变的荒诞世界的无奈而表现出的黑色幽默。黑色幽默小说中的主人公大多是在疯狂社会中挣扎的精神分裂患者,往往被描写为荒诞世界的倒霉蛋。他们常常被表现为无能、不幸、愚蠢、滑稽的"反英雄"(anti-hero)人物,借他们可笑的言行影射社会现实,表达作家对社会问题的看法。毕利·皮尔格里姆就是冯内古特在《五号屠场》中塑造的"反英雄"形象。毕利在德军发动的最后一次攻势中幸存下来,当时的他"两手空空,凄凄惨惨地准备一死"。他的样子像"一只肮脏的红鹤",为保全自己的性命忍受战友的打骂。在"人们正走向死亡"的荒诞环境中,毕利痛苦却又无可奈何,只能等待着接受死亡。他用麻木的笑面对这疯狂不可理喻的世界。在拥挤的俘虏火车厢里,毕利倒是污秽的。他从通气孔向外看,一列有红十字标记的医疗列车"呜呜"地吼叫,而毕利坐的列车也"呜呜"地回答,好像在互相打招呼。钢铁制成的列车还有情感,人类的情感到哪里去了? 这是毕利对人的尊严的徒劳的祈望。他就这样可笑地想着,痛苦似乎得到一点缓解。这种病态和荒诞也表现出令人辛酸的黑色幽默。

　　黑色幽默小说以世界的本质是荒诞的为出发点,在形式上当然也突破传统小说的叙事方法。小说家们认为,现实主义已经无法表现现代社会的复杂性,所以大量采用超现实主义的不连续的描述来揭示整个社会的实质。冯内古特在《五号屠场》中创造了一颗541号大众星,毕利被一架飞碟绑架到541号大众星上,在这里他了解到大众星居民不同的宇宙观。作者也借这里的居民之口,无情地嘲弄了人类进行的愚蠢的杀戮。在大众星上,毕利接受了大众星居民的时间观念,"过去、现在、将来——所有的时间一直存在,而且永远存在"。接受了这种观点的毕利,"挣脱了时间的羁绊",他在外星人的绑架下,成了一个陷入琥珀里的可怜虫子。冯内古特借外星人之口阐明了他的时空观,让毕利可以"随心所欲地回到他的生与死之间的一切事件中去",从而将读者带入一个充满不确定、瞬息万变的四维空间。正如伯曼(Berman)所说:"有一种至关重要的体验方式——对空间与时间、自我与他者、生活的可能性与风险的体验——这是今天全世界的男男女女所共有的。"打破了时间限制后的战争画面淡化了苦难,减轻了悲伤,却让读者有了怪诞的黑色幽默感,从而更深刻地反思战争与死亡带来的社会问题。可见,黑色幽默小说家摒弃了平铺直叙的写作手法,不注重故事情节,打乱时间的顺序,以反映后现代社会的混乱。《五号屠场》确立了冯内古特在当代美国小说界的重要地位,即使单从黑色幽默的角度看这部小说,我们也可以获得审美的愉悦和启迪。

　　冯内古特用闹剧的形式演绎战争,以黑色幽默的口吻对人类自毁生存环境的行径加以嘲讽和谴责。他对美国社会出现的种种弊病进行深刻的揭露,对人类的命运和前途又有着浓厚的忧患意识。冯内古特通过文学改变了整整一代人的生活方式和思维方式。让美国后现代元小说的代表作《五号屠场》成为一部"伟大的小说,一部肯定永远是美国文学一部分的杰作"。

　　自从1961年问世的《第二十二条军规》揭开了美国后现代主义小说的序幕,美国后现代主义的小说家们抛弃和超越传统小说和现代主义小说的模式和技巧,构建了一种不注重人物塑造、不讲究故事的连续性、追求文本的自我揭示和语言实验的元小说,用不一样的叙事表现美国现代社会的荒诞。通过解读冯内古特的代表作《五号屠场》的元小说叙事特色来让读者了解美国后现代主义小说的创新精神和对当代人们生活和思维方式的影响。

第三节 《法国中尉的女人》的元小说解读

一、作家和作品介绍

约翰·福尔斯,英国小说家、诗人,被认为是"当代英语世界最伟大的作家,第一位后现代主义作家"。福尔斯 1926 年 3 月 31 日生于英国埃塞克斯郡一个位于泰晤士河河口的小镇,父亲是烟草商人,母亲是教师。1945—1947 年,他在英国皇家海军陆战队服役两年。第二次世界大战后,他从牛津大学毕业,曾先后在法国和希腊执教,1963 年,他的小说《收藏家》(The Collector)一出版就大获成功,成为当年畅销书,小说描写了一个中下阶级职员绑匪与上层社会艺术专业大学生受害者之间的相互影响,表现了代表行为优秀准则的真实个人受到传统社会所施加的压力的危害。1969 年,福尔斯著名小说之一的《法国中尉的女人》出版,荣获史密斯文学奖和国际笔会银奖。《时代报》曾评价:"福尔斯是自 1945 年后五十个最伟大的英国作家之一。"美国《时代》周刊在 2005 年将《法国中尉的女人》评选为 1923—2005 年出版的 100 部最佳英语小说之一。福尔斯创作了多部畅销书,除《法国中尉的女人》和《收藏家》外,还有《魔法师》(The Magus)、《丹尼尔·马丁》(Daniel Martin)、《尾数》(Mantissa)等。他还写过一些短篇故事、诗歌和非小说类作品。陈世丹这样总结福尔斯创作的特点:"使人信服的叙述,面对复杂情况时生气勃勃、足智多谋的人物和过分丰富的、涉及历史事件、传说和艺术的背景。福尔斯作品的其他特色表现为拒绝使用全知叙述者,反而使用不确定的、开放的、问题未得到解决的结局。"福尔斯的小说全面地表现了后现代主义的世界观和艺术创新,是后现代主义元小说作家的代表人物。

《法国中尉的女人》是福尔斯创作的长篇小说,是他的代表作,小说开创了英国小说创作新时代。该小说生动地描述了一个维多利亚时代的下层女性萨拉,如何在一个荒诞、丑恶、冷酷的现实世界中,认识自我、寻求自由、挣脱传统束缚的艰辛历程。《法国中尉的女人》的出版,反击了 20 世纪 60 年代"文学衰竭论"和"小说困境论",小说一经问世,就因其在叙事上的革新和突破而备受西方文学界的关注,它独特的叙事理念和手法曾为一度陷入"低谷"的西方小说指明了方向。

小说的背景设定在19世纪英国伦敦的一个小镇莱姆,贵族青年查尔斯来到这个小镇陪伴他的未婚妻欧内斯蒂娜小姐时遇到了萨拉,一个被当地人称为"法国中尉的女人"的神秘女人,查尔斯被她身上的独特魅力所吸引。那么查尔斯自然就面临了一个两难境地:萨拉或者欧内斯蒂娜。该小说突破了西方小说传统的叙事方式,起用了三个身份、目的和职能不同的叙述者讲故事。三位叙述者站在不同的立场进行叙述,并不断拆解、推翻其他叙述者的叙述,充分地向读者揭露了该小说的虚构性,激发了读者的阅读兴趣,打破了传统小说的单维闭合式的空间结构,整个文本呈现多元化、开放式结构,增强了小说的艺术表现力和感染力,使《法国中尉的女人》成为经久不衰的艺术典范。

《法国中尉的女人》是后现代主义元小说的典型代表,小说无论从形式到内容都彰显其元小说的特性。福尔斯拒绝使用全知视角的叙事,反而使用不确定的、开放的、悬而未决的结局,全面表现了后现代元小说作家的世界观和艺术创新。

二、互文性戏仿

戏仿,又称谐仿,是在自己的作品中对其他作品进行借用、模仿,以达到调侃、嘲讽、游戏甚至致敬的目的。在元小说写作中,后现代主义小说家们把传统文本当作社会性虚构加以戏仿,运用传统文本形式进行写作。戏仿在本质上是一种破坏性的文学模仿方式,模仿者尽可能精细地对原作品中的传统进行效仿,其效果如何主要取决于作者对传统文本形式与技巧的掌握程度。

福尔斯在采访中说道"文学一半是想象,一半是游戏",因此他在小说中戏仿维多利亚时代小说和中世纪故事等传统形式,拒绝使用全知的叙述者,强调不确定性和虚构性,其作品的结局是不明确的、开放的。"这种不提供令人满意结局的做法常常令习惯于阅读传统小说的读者生气。但福尔斯认为,作为小说的创作者,他的责任是使人物在他们有局限的范围内有选择的自由和行动的自由。"福尔斯与其他后现代主义作家一起"创造了一种特殊的语言,人们必须懂得这一语言,才能理解他们的文本"。于是,在《法国中尉的女人》中,福尔斯将文本与历史结合,创造性地重构了看似"真实"的维多利亚时代。他利用互文性戏仿将读者带入他的文本和叙事语境中,为读者提供了一个看似真实的世界,小说中文本的虚构性和历史的重构便形成了互文。也就是"一种作为历史的叙事被历史化的小说和作为叙事的历史被小说化的历史的特殊文本,从而实现了意识形态的运作和人物的解放"。

一是,福尔斯在小说中像历史学家撰写历史一样构建了一个真实的维多利亚时代,是历史的叙事;二是,福尔斯在小说中将历史与小说相结合,构成意义的体系,这又是叙事的历史。历史与虚构叙事的结合产生了小说的互文文本,从而使小说的虚构人物与事件和历史上的真实人物与事件得以相互影响和相互作用,让小说世界的文化和历史语境丰富起来,揭示历史与现实的虚构性和不确定性。

《法国中尉的女人》戏仿 19 世纪维多利亚时代的文学传统,让读者有了真实历史背景的错觉。小说对 19 世纪社会的环境做了详尽描绘,从人物的衣着习惯到言语行为无不有那个时代的特色,在读小说的第 1 章到第 12 章时读者会误认为这部小说是出自维多利亚时代的小说家之手。小说故事的脉络也很清晰,用的是传统小说的线性叙事结构,还模仿了传统小说全知视角的叙事模式,叙述者从容地介绍着小镇上的人物,适时对他们的所作所为加几句嘲讽,直到第 13 章,这个万能的无所不知的叙述者突然说出一句:"我不知道。我正在讲的这个故事完全是想象的。"叙述者揭示事实真相,自我暴露自己"生活在罗伯·格里耶和罗兰·巴特的时代",如果这是一部小说,它不可能是一部现代意义上的小说。原来,作者是站在现代社会去虚构了一个发生在维多利亚时代的故事,这是作者对 19 世纪英国小说的戏仿。在第 12 章,作者安排了查尔斯与萨拉美丽的相遇。之后查尔斯知道了萨拉凄惨的生活现状,而且知道了他们相遇的那天萨拉正在考虑自杀。在这一章的结束,作者问:"谁是萨拉?她是从什么样的阴影里冒出来的?"以此来提醒读者这只是《法国中尉的女人》小说。这种吊读者胃口的方法也是 19 世纪一些连载小说的一贯技法,读者满心期待在下一章里会得到答案,但是到这里,传统的叙述者和读者的默契关系已被破坏,读者与叙述者拉开了距离。叙述者(也就是作者)说:"小说家仍然是上帝,因为他是在创造。情况不同的是,我们不再是维多利亚时代上帝的形象,我们的首要原则是自由而不是权威。"这种元小说式的滑稽模仿使作者在突破传统小说创造的同时又赋予了传统中陈旧的模式和内容以新的活力,使得传统现实主义中已经机械化了的元素得以在新的语境下被陌生化。这种反省式的滑稽模仿是对传统进行扬弃的过程,它不仅讽刺了维多利亚时代道貌岸然的道德传统,也揭示了传统现实主义创作的局限所在。

《法国中尉的女人》也戏仿维多利亚时代小说写作的方式和习惯。19 世纪的小说家们喜欢使用技巧,设置悬念,引用典故,福尔斯为我们拼贴了一部俨然 19 世纪的百科全书的真实维多利亚社会背景。整部小说共有 61 章,每一章都是以一、二两段的引文来展开的。这些引文涉及维多利亚时期的重要真实历史人物和维多利亚时期的诗人和小说家,从托马斯·哈代(Thomas Hardy,1840—1928)的小说、丁尼生(Tennyson,1809—1892)的诗集到马克思(Mark,1818—1883)的《共产党宣言》(*The Communist Manifesto*)再到达尔文(Darwin,1809—1882)的《物种起源》(*On the Origin of Species*)的若干片段,从 E. 罗伊斯顿·派克(E. Royston Pike)撰写的《维多利亚黄金时代人文资料》(*Human Documents of the Victorian Golden Age*)到西部地区的民谣、札记等,形成了一种历史真实感。这些引文看似没有联系,其实都是作者有意为之,暗示了小说中主要人物关系的发展变化。就像作者在第 1 章引用了哈代《迷》(*The Riddle*)中的一段:"极目向西眺望,越过彼处海洋,不管和风恶风,她总站在那方,心中满怀希望;她的眼睛,始终凝视海外一方,别处似永不能有此魅力奉上。"这里的"她"与刚在小说出场的萨拉的形象和行为不谋而合。小说第 12 章引用了马克思在《一八四四年经济学哲学手稿》(*Economic and Political Manuscripts*)中的一段文字,描述了当时底层劳动人民的不幸生活,有助于读者理解山姆为何出卖查尔斯。福尔斯在小说中多次提到达尔文《物种的起源》所引起的社会轰动以及人们对它的厌恶或赞美。第 53 章中,罗根医生提到宁愿用但丁在《神曲》中惩罚放荡不羁的人的方法惩罚查尔斯。小说中的虚构人物在这个所谓"真实"的历史背景中演绎着自己的故事。为了让读者更加清楚小说背景,福尔斯在文章中还用脚注来解释众多历史人物、历史事件和希腊神话中的人物,这样就使得小说的故事情节更加真实可信。例如当叙述者提到 19 世纪人们的避孕手段时,在注释中给出了将近五百字的解释说明。这样的写作习惯也给读者造成错觉,似乎就是一位传统的小说家在进行着传统的小说创作,为的就是让读者更好地把握小说,更愿意相信叙述的真实性以及故事的真实性,小说叙事就这样被历史化了。正如陈世丹总结的,历史与小说试图表现真实的世界,它们的力量"来源于更多貌似真实的事物而不是来源于任何客观事实;它们都是语言建构,高度惯例化了的叙事形式,无论在语言还是在结构上都是完全不透明的;它们看上去都是互文的,都在自己复杂的互文中运用过去的文本"。

三、侵入式叙述

有别于传统小说的全知视角,在后现代主义小说中,作者的权威逐渐被削弱,甚至有消失的趋向,罗兰·巴特(Roland Barthes,1915—1980)就曾提出"作者之死"一说来描述后现代主义作品中作者的处境,作者权威的减弱也促使小说成为具有开放性的文本。在元小说中则体现为作者身份的多重性,作者往往身兼叙述者、小说中的人物和作者等多重身份。元小说中的作者擅长暴露小说的创作踪迹,尝试着让读者了解他们的创作过程并且故意揭露叙述者的身份,之后向读者展示叙述过程和叙述行为。在《法国中尉的女人》中,福尔斯就有意暴露身份揭示写作的虚构性,消除了读者对叙述者的盲从和迷信,引发读者的积极参与和不断反思。他不时打断叙事结构的连续性,时而以叙述者的身份、时而以小说人物的身份出现在文本中,直接对叙述行为本身进行评论。作者采用有侵入式的旁白,不断地提醒读者,该小说是被构想出来的,永远不能代表现实。作者打破了传统小说的单一叙事视角,通过在小说中导入叙述者的声音,对该小说的创作意图和创作过程加以评论和反思,对作者的权威性进行自我暴露和自我消解,来体现该小说暴露虚构的元小说特征。

在小说的第 1 章,作者就开始自问自答:"我夸张了吗? 也许是,但是我的话是经得起检验的,因为从我写的那一年起至今,'科布'几乎没有什么变化。"由此,作为被创作对象而存在的叙述者,开始不断地通过对该小说内容的质疑和评论来揭示《法国中尉的女人》小说的虚构性质。作者一边叙述,一边不断插入自我评论的声音。小说第 10 章,他这样评价查尔斯,"他毕竟是维多利亚时代的人。我们现在拥有的知识比他那时多得多,而且还有存在主义和哲学思想够我们使用……"该小说的主人公萨拉,是一个沉浸于自己编造的"法国中尉的女人"的故事中,而遭到社会的摒弃、游走于社会习俗之外的女性。而在对这个离经叛道、虚幻莫测的主人公进行了一番生动的刻画之后,叙述者竟然坦言自己对萨拉的了解非常有限,甚至向读者提问:"萨拉是谁? 她是从什么样的阴影里冒出来的?"全然破坏了故事的完整性和可信性,并告诉读者"我不知道。我正在讲的这个故事完全是想象的。我所创造的这些人物在我脑子之外从未存在过。如果我现在还假装了解我笔下人物的心思和最深处的思想,那是因为正在按照我的故事发生的时代人们普遍接受的传统手法进行写作……"而为了让读者相信故事的虚构性,紧接着他又进一步确认道,"我正在写的也许是一部易位自传;也许我现在就住在我小说中所描绘的那些房子当中的一幢里面;也许查尔斯就是我本人的伪装;也许这只是一场游戏。像萨拉这样的现代女性确实存在,但我从来不了解她们"。到了第 57 章,作者还这样写,"现在让我们跳跃 20 个月……"他邀请读者一同发挥想象参与小说的创作。而第 58 章末,作者更是直接邀请读者来给故事画上一个句号:"查尔斯笑了笑。他是…… 还……这个问题就留给读者去想象吧。"叙述者反复的自言自语和评论,打破了小说完整的叙事框架。这种叙事方式使得读者阅读体验的连贯性遭到破坏,对该小说的情节感到亦真亦幻,捉摸不定,真假难辨。作者并不想按照传统给故事一个确定性的结局,他放弃了自己绝对的叙事权利,把读者视作自己创作的伙伴,希望能跟读者广泛交流意见,让读者不但了解小说的虚构性本质,也让他们清楚他虚构小说的过程。

福尔斯在《法国中尉女人》中一面戏仿维多利亚时代的特点进行写作,一面又用侵入式叙述的方式告诉读者"此故事纯属虚构",瓦解叙述者的权威性和不确定性。第55章,叙述者被描述成一个"大胡子",他"四十岁左右,显得颇为放肆,什么都志在必得的样子"。在查尔斯乘火车去伦敦找萨拉时,叙述者化身为大胡子形象的乘客,坐在查尔斯身边。他装作不知道莎拉住在哪儿,也不知道她想要什么。他审视着查尔斯,不知道该怎么应对,也不知道他自己应该先经历哪个结局。他与查尔斯在火车车厢不期而遇,紧盯着查尔斯,经过一番思考之后他说道:"现在我可以使用你吗? 我到底该怎么处置你?"他"从大衣口袋里掏出一枚硬币",用抛硬币的方式来决定查尔斯的命运。紧接着,叙述者"我"发现查尔斯竟然也以厌恶的目光回盯着"我",并"拿起帽子,掸去绒毛上看不见的尘土微粒('我'的替代物),把帽子戴在头上"。这样的例子,在该小说中随处可见。第61章时,大胡子又回来了,只不过他剪去了浓密的胡子,做了"搞大歌剧的牧师",为小说创造另一种可能性的结局。写作是由作者作为《法国中尉的女人》中一个人物形象的意识所操控的,在一定的角度对行为、人物动机和可能性进行论述,并解释事情可能会出现的不同。能够同样容易地转换未来或者指出荒唐之处,该小说家是反复无常的,不再是一个全能的上帝。他是一个空想家,他的诡计都是伪造的,或者只是一个晚到者,更确切地说是一个诡计多端的组织者。表达自由的意愿、玩弄小说的限制条件和社会习俗,作者想表明小说家的权威是相对的而不是绝对的,读者从一开始就应该头脑清醒,清楚这个构想中的世界的荒唐。"读者是自由和独立的",福尔斯是以这种方式写作的成功的开拓者。通过扮演侵入式的旁白,福尔斯在《法国中尉的女人》小说中自由地存在,并时时提醒读者,小说是一个虚构的世界,但读者有选择自由的权利。通过侵入式叙述,元小说"关注小说虚构身份"的本质暴露无遗,读者无法再相信叙述者描绘的支离破碎的故事,由此产生对该小说自身以及小说与现实之间的关系更为深入的思考。

四、开放性结局

后现代主义作家认为,任何事物都是有可能的,每一个故事都可以有无数并列的结尾,每一种结尾都不是完美的,在可能与不可能、真实与虚构、现实与游戏之间选择是没有意义的。所以,为了挑战传统的封闭式结局,福尔斯设定了多样化的结局。多样化的结局在某种程度上更具可信度，因为它可以反映特定的历史背景下的虚拟世界。作者在小说中设计了三个结局。

第一个结局在小说的第 44 章，查尔斯没有去旅馆和萨拉约会，而是选择回到莱姆镇与欧内斯蒂娜结婚。他们有 7 个儿女，查尔斯喜欢上了做生意，他的生活并不完美但是会一直继续下去。这种结局正是传统维多利亚式的小说结局。但这个结局是虚构的也是错误的。就像叙述者所说："我们在头脑里放映关于我们可能如何行为，可能发生何种假设的电影；当真正的未来变成现在时，这些虚构的或电影的假设，对我们实际上的行为具有更大的影响。"而查尔斯"感觉他到了故事的结尾；到了一个他不喜欢的结局"。查尔斯失去了真正的自由，而萨拉，作者只提到"故事到这里就结束了。后来萨拉的命运如何，我不知道——不管她情况怎样，她本人再没去搅扰过查尔斯，尽管他可能很长时间都忘不了她"。这个结局里的查尔斯完全没有自由。福尔斯还在第 45 章对这个结局进行了解释，"在给这部小说安排了一个彻头彻尾的传统结局后，我最好再做一个解释……""发生的方式未必和你想象的一致……你在前面读到的最后几页并非发生过的事情，而是从伦敦往埃克塞特途中几个小时里想象可能发生的情景"。最后他甚至直接告诉读者这种结局的虚构性："你如果在阅读时带着怀疑的态度，就会注意到该结局过于突兀，与前文的查尔斯的形象缺乏连贯性，会注意到查尔斯活了近 115 岁是不可能的。"查尔斯活到 115 岁不可能，那么小说的这个结局也不可能。

第二个结局出现在第 60 章，查尔斯取消了和欧内斯蒂娜的婚约，最终和萨拉生活在一起，但却成了一个被剥夺继承权和名誉扫地的人。这个结局符合大部分读者的期待，因为有情人终成眷属。而查尔斯也似乎更倾向于这种结局，因为在他的内心深处还是渴望自由的，他渴望自由地追求幸福。但是在那个以性别为基础的假设中，查尔斯还是不能获得完全的自由，因此还要向萨拉那里借自由，这个结局也不是那么令人满意。在这个结局里萨拉讲求实际又肤浅，像陈世丹所总结的："萨拉是在一个象征的叙事里，而不是别的地方，找到了一个 19 世纪 60 年代后期的身份——成为一个维多利亚时代资产阶级社会中男人的妻子。"萨拉成了一个无足轻重的人，这个结局显然不能令人满意。

所以小说在第 61 章安排了第三种结局。第三种结局则是查尔斯在罗塞蒂的住所找到了萨拉，并向她求婚，但是她却拒绝了查尔斯，因为她要捍卫这来之不易的自由和独立，查尔斯最终认清了他与萨拉的关系，开始了自己对生活自由的选择。在由传统向自由过渡的时代，萨拉毅然选择了自由，虽然结局并不圆满，甚至有点悲情，但是生活大多不可预料，不可能尽善尽美。作者也将希望寄予在了萨拉身上，就像福尔斯在小说的结尾所写的那样："但是你绝对不应该认为，他们的故事这样的结尾看起来不那么真实。""绕了一个圈子，我还是回到了我最初的原则上来：世界上并不存在能干预生活的神；因此，世上只有这样的生活，即依靠我们凭借机会赋予的能力去创造的生活。如马克思给生活下的定义——人为追求自己的目标所采取的行动。"追求自由并重新开始一段生活，这才是最符合后现代主义要求的结局。最后，叙述者再次出现，提醒读者尽管不令人愉快，最后一个结局和前面的一样合理。所有的人，包括叙述者都死了，只有读者还活着。前两种结局给了读者空前的自由，但是这种自由不是绝对的，作者也想让读者经历存在的感觉。在最后一种结局中，读者被扔进一个绝对孤单的世界，这就迫使读者去经历存在主义的焦虑和空虚。

在《法国中尉的女人》中，读者受邀根据每个结局的情景来改变对小说事件和人物的阅读，就像洛奇对后现代小说结局的评价："我们既看不到传统小说那种真相大白和命运已定的封闭式结局，也看不到那种像康拉德对詹姆斯所说的'令人满意但未结束'的现代主义小说开放性结局，而是看到了多种结局、虚假结局、嘲弄式或讽刺性结局。"任何读者对小说的结局都不可能做出一致的评价，小说的本文是开放性的，邀请读者参与其中，参与选择，小说文本意义有无限多样的解释。

《法国中尉的女人》不仅把主要人物从强制性的文本中解放出来，而且也把读者从强制性的文本中解放出来。这部小说强烈的实验性充分反映了作者对 20 世纪后半叶小说创作的重新认识和对小说美学的新观念。小说通过戏仿解构矛盾的方式展现了维多利亚时代传统价值观与后现代主义价值观的相互碰撞。小说的多样化结局是元小说的写作特色之一，文本不再由作者完全掌控，而是给予读者以足够的空间和想象力，让读者参与到文本中来。

第四节　《引路人孙行者：他的即兴曲》的元小说戏仿

一、作家和作品介绍

汤亭亭（Maxine Hong Kingston，1940—）是当代美国华裔文学的代表作家之一。她运用丰富的想象力和高超的创作手法，把美国文化和中国文化融为一体，得到美国主流文化的认可。汤亭亭祖籍广东新会,1940 年 10 月 27 日出生于美国加利福尼亚州的斯托克顿市。汤亭亭的父母深感命运如轮盘赌般难测,便以当时一个因好运出名的金发赌徒的名字玛克辛(Maxine)作为女儿的英文名,希望她能给家庭带来好运气,她的父亲还给她起了一个很阳刚的中文名字——"亭亭",希望她不依靠别人而有独立的人格和意志。1958 年,汤亭亭获得奖学金进入加州大学伯克利分校就读,她先就读于工程学系,后转念英国文学。1962 年,汤亭亭毕业后在距离旧金山不远的一个小镇上的一所贫民窟学校担任英文教师。1967 年,汤亭亭赴夏威夷大学长期任教,后又去加州大学伯克利分校英文系任教授。1976 年,她的处女作《女勇士》(The Woman Warrior)的出版使她一举成名,小说根据作者童年时母亲讲述的家族历史和中国神话传说,结合了作者自身的理解和想象,演绎了作者本人以及家族内一些女性亲戚的生活经历。《女勇士》一出版便获得美国国家国书评论奖,引起学术界的极大关注和热烈讨论。随后出版的《引路人孙行者:他的即兴曲》(Tripmaster Monkey:His Fake Book)更是奠定了她在美国后现代作家中的地位。汤亭亭的作品涉及的题材相当广泛,但从其作品发表的时间先后来看,创作的主题贯穿着一条主线:1976 年象征女权主义的《女勇士》、1980 年象征种族平等主义的《中国佬》(China Men)、1989 年构建华裔文化属性的《引路人孙行者:他的即兴曲》、2004 年世界和平主义的《第五和平书》(The Fifth Book of Peace)。1992年汤亭亭被选为美国人文和自然科学院士,2008 年获得美国国家图书奖的杰出文学贡献奖。

汤亭亭的写作手法大胆创新,其作品引起了广泛的关注。她的作品一经出版便屡次排在销售榜的前列,并多次获得美国国家图书奖,是 20 世纪后期著名的华裔作家之一。1998 年,汤亭亭的作品被收录进最具权威性、代表性的《诺顿美国文选集》。其成名作《女勇士》更是被美国现代语言协会列入欧洲经典文学,并将其作品视为与荷马、乔叟、但丁、莎士比亚、弥尔顿等人的作品同等的地位,在美国大学的许多学科中都被列入必读书目或作为教材走入大学课堂。中国学者张子清认为,汤亭亭是最有实力的"女性主义作家",她"不单为消音了的无名女子争得发言权,而且使女子成为道德的楷模、冲锋陷阵无往而不胜的勇士和英雄","更重要的是,她在主流社会的权力分配中,成功地获得了当代主要的美国作家之一的荣誉,成为当今在世的美国作家之中,作品被各种文选收录率最高、大学讲坛讲授最多、大学生阅读得最多的作家之一"。

在《引路人孙行者:他的即兴曲》中,汤亭亭运用了后现代的元小说手法对美国华裔文学的属性和华裔文学与西文经典之间的关系进行思考,把关注的焦点从重写华裔历史转移到华裔文化属性的构建上。小说 1989 年一经出版便获得当年美国西部国际笔会奖（小说类）。该书的英文标题"Tripmaster Monkey：His Fake Book"就表明此书有双重文化背景,涵盖了中美文化中两种反英雄形象:"Tripmaster"是美国反文化运动的产物,在书中暗指主人公阿新引导读者穿越文本复杂情节的迷宫,跨越中西思想中不平等的旅行;而"Monkey"当然指的是《西游记》中保护唐僧西天取经的美猴王孙悟空,这个充满反抗精神、争取平等权益的英雄,象征了当代美国社会中华人的现实处境。而副标题"His Fake Book"如张龙海的解释,"阿新的即兴曲是他的双重文化背景:他继承了中国文化和美国文化,以此作为起点和基础进行临时发挥,即席创作,编写出跨越时空的即兴曲"。因此,汤亭亭在书中,提供了一幅"混杂文化"的乌托邦图景,宣称华裔文化对美国的归属权。汤亭亭试图构建的属性不再是一个非此即彼的主体,而是一个超越国界、民族、文化的想象主体,使不同民族、不同文化走向"大同"。

20 世纪 60 年代,美国兴起了与现代主义传统分裂的自我反映式的实验小说,威廉·加斯在他的论著《小说与生活中的形象》中将这种小说定义为"元小说",也就是"关于小说的小说"。哈琴提出的"历史编纂元小说"指的是 20 世纪六七十年代以来欧美文坛涌现的一股将现代主义实验创作与历史以及社会语境结合起来的创作潮流。而美国华裔作家代表人物汤亭亭的《女勇士》《中国佬》等作品就被列入"历史编纂元小说"之列,表明美国华裔文学已渐渐进入美国主流文学之列。汤亭亭在小说创作中将中国的传统神话故事、通俗文化或历史事件通过"戏仿"的方式植入到小说文本中去,从而对叙事传统、神话传说、经典文学进行改写,引起读者的注意和进一步的思考。

"戏仿"是元小说叙事的基本艺术特征和常用的技巧。元小说的作者们在作品中对人们耳熟能详的历史事件和人物、经典名著的内容和形式都进行夸张甚至是扭曲变形的模仿,在荒唐和滑稽可笑中批判和否定传统和历史。戏仿的批评作用是发现什么形式可以表现什么内容,以表现当代关注的东西。戏仿不是模仿,要近似原型并有互文性,又要颠覆其特征将其重塑再造。汤亭亭在《引路人孙行者:他的即兴曲》中通过戏仿经典人物来实现她对一百多年来美国华裔历史的重访和再加工,创造出有华裔特色的美国华裔文化。

小说的书名就明确地告诉读者,这是一部反传统的小说。因为书名中的两个人物"Tripmaster"和"Monkey"正是涵盖中美文化的两个反英雄的形象。Tripmaster是 20 世纪 60 年代美国反文化运动的产物,而 Monkey 是大闹天宫的美猴王,这两个形象结合在一起,从视觉上已经打破了传统的桎梏。主人公阿新是由多种人物的形象拼贴而成的,是一个"偏执狂"的精神漫游者。汤亭亭用阿新这个人物戏仿了中美两国的经典人物形象,达到了否定、批判传统价值观的目的,表现了美国华裔作家解构颠覆霸权话语的决心。

二、对赵健秀的戏仿

赵健秀(Frank Chin,1940—)是出生于美国的第五代华裔,他是美国著名的文学评论家、散文作家、小说家和剧作家,为被誉为"美国华裔文学教父",他的剧作《鸡笼里的华人》(*Chickencoop Chinaman*)是在纽约合法剧院上演的第一部美国亚裔所写的剧本。他的故事集《铁路上的华人劳工》(*The Chinaman Pacific & Frisco R. R. Co*)获"美国图书奖",他的《唐老亚》(*Donald Duk*)和《甘加丁之路》(*Gunga Din Highway*)等长篇小说也享誉文坛。赵健秀以强烈的批评个性著称文坛,他与美国华裔作家之间的争论也让他受到颇多关注,最著名的便是"赵汤之争",赵健秀认为汤亭亭"歪曲中国神话故事""发展有关中国文化的刻板印象"。但是,两位作家在继承和发扬中国传统文化方面和寻求美国华裔文学地位和身份探寻方面的观点却是高度一致的。还有就是汤亭亭本人在经历与身份上与赵健秀也有很多相似之处,他们都出生于1940年的加州,并且同一年进入加州大学伯克利分校英语系学习,并且成为同班同学。不同之处在于赵健秀已经是移民到美国的第五代华裔,而汤亭亭则是移民美国的第二代华裔。于是,汤亭亭在《引路人孙行者:他的即兴曲》中成功戏仿了赵健秀。

评论者公认汤亭亭用阿新戏仿同时代的美国华裔作家赵健秀,两个人的身份背景极其相似。汤亭亭在采访中也坦言:"我觉得他(阿新)挺像健秀——许多人也这么认为,我要写我自己,但是结果变成写健秀,因为他的背景和我的很相似……其实,我不相信报仇。这本书应是一封表示友爱的宏大书信。如果它是(对赵健秀的)回敬的话,那么,它就像他寄给我的那封仇书。我寄给他许多封表示友爱书信,就是这么一回事,我确信他会宽容大度,会理解这一点。"阿新和赵健秀有很多相似之处,两人都是第五代华裔,都毕业于加州大学伯克利分校英语系,都是剧作家,都对关公感兴趣,也都反对白人的种族歧视。赵健秀被称为美国华裔文学的"教父",他笔下的人物成为"美国华裔的历史、属性和男人气概的传声筒"。但是汤亭亭用元小说的戏仿手段描写了另一个赵健秀。与赵健秀一样,《引路人孙行者:他的即兴曲》的主人公阿新也不愿被美国主流文化所同化,为了摆脱在美国社会中的"他者"身份,他不喜欢别人评论他的肤色和种族,更不能开种族玩笑,不喜欢美国人所喜欢的派对,对周围的环境格格不入,对那些巴结白人的华裔充满了鄙夷。作为校园诗人和剧作家,阿新也写过诗集和剧本,但是他的作品并不受欢迎,他的诗集只能在一个地下书店里落满尘埃,他的剧本也只能在派对的角落里由他自己去朗读,阿新只有在吸食毒品后的幻境中才能看到华裔发出自己的声音——"我是行走在这里的美国人"。这与赵健秀的经历何其相似。

　　赵健秀和阿新都喜欢以关公自居。赵健秀的作品里常出现关公,阿新在剧本创作中就扮演关公。他们都想要致力于创作关公式的"英雄"来捍卫美国华裔的形象却反被边缘化。他们的思想和语言也很相似。赵健秀描写美国文化所塑造的黄种人的形象是:"当他们受伤、愤怒、发誓或者发牢骚时,他们都会大叫一声'哎呀!'"他与陈耀光、徐忠雄等人合编的两部文学选读《哎呀!——美国亚裔作家选读》(*Aiiieeeee! An Anthology of Asian - American Writers*)和《大喊一声哎呀! 美国华裔和日裔文学选读》(*The Big Aiiieeeee! An Anthology of Chinese American and Japanese American Literature*)在美国华裔文学史上具有里程碑意义,都用"哎呀"命名,这表现出长久以来美国华裔都被忽视,被拒之于美国主流文化之外。汤亭亭将这一声"哎呀"用在阿新的口头语中,阿新也对表现种族歧视的声音达到偏执的程度。"又是笑声。他们好像是那种开种族歧视玩笑的一伙人。"在最后一章里,阿新想象马科被剥皮时的痛苦:"看,我做给你看,就这样?? ——剥掉黄皮,一片,再一片黄皮。马科痛苦地尖叫,'啊,啊……! 啊……! 啊,啊,啊呀呀!'音箱里只有他的尖叫声,'啊,……哎呀,哎呀,哎呀呀!'"

　　汤亭亭正是用戏仿的手段回应赵健秀和她文学观点的分歧。赵健秀认为,只有致力于"英雄传统"的创作才能使华裔文学的形象得以保留,所以,他笔下的华人生活描述常常大胆直率、言辞激烈,充满"火药味"。他熟读《孙子兵法》,将生活视作一场战斗,认为"写作即战争","没有什么比火药爆炸更令人吃惊","枪支、炸弹"。汤亭亭对此进行了戏仿,阿新的语言充满战争气息。后来有一个场景是这样的:刚开始的时候,阿新对一些刚到美国的华人没有好感。朋友兰斯劝他,或许还可以用其他办法。兰斯:"不要枪支,不要炸弹,我正在竭尽全力禁止炸弹,帮助你在桃园举办烧烤宴会,邀请你的敌人。要邀请你的敌人来参加宴会。"汤亭亭巧妙地给言辞激烈的阿新一个建议,同时回应了她与赵健秀在观点上的不同。汤亭亭认为美国华裔应该寻找新的属性,只有"英雄"并不能被主流文化所接受。小说中的反英雄人物阿新一心想在白人社会中为自己的戏剧找到舞台,却屡受挫折。为了讨好白人女孩他甚至谎称自己是日裔,贬低华裔,反而更加遭到鄙视。最终他从华人那里得到支持,他的戏剧得到了自己族裔的支持和认可,其实也是只有他们才会明白他剧本的真正含义。他从中国的古典文学中汲取灵感,重写中国的古典文学《三国演义》《水浒传》和《西游记》,赋予其现代美国的色彩。他学会了包容其他成员,从好战分子慢慢转变成和平主义者,他的戏剧演出获得了成功。汤亭亭以此让读者思考华裔要想在以白人为主体的美国社会立足,重构美国华裔的历史,就应该保持自己的属性,呈现新的生命力,汤亭亭通过戏仿向赵健秀发出和解的信号:可以通过沟通来解决分歧。

三、对惠特曼的戏仿

《引路人孙行者:他的即兴曲》的主人公惠特曼·阿新还是对美国著名诗人沃尔特·惠特曼(Walt Whitman,1819—1892)的戏仿。汤亭亭利用谐音,将"Whitman"改成"Wittman",揭示了小说追寻属性的主题,达到文化整合的目的。沃尔特·惠特曼是美国著名诗人、人文主义者,他创造了诗歌的"自由体"(free verse),其代表作品是诗集《草叶集》(Leaves of Grass)。《草叶集》是惠特曼诗集最重要的著作,得名于诗集中这样的一句诗:"哪里有土,哪里有水,哪里就长着草。"诗集中的诗歌像是长满美国大地的芳草,生气蓬勃并散发着诱人的芳香。作者在诗歌形式上有大胆的创新,创造了"自由体"的诗歌形式,打破了传统的诗歌格律。汤亭亭在《引路人孙行者:他的即兴曲》中戏仿惠特曼,表达了自己热爱自由、爱好和平的思想和主张。

前面说到阿新戏仿了华裔作家赵健秀,他身上当然具有强烈的中国性。而惠特曼这个名字象征了美国的自由、乐观和平凡的精神。小说的叙述者观音这样介绍惠特曼·阿新,"他的国度是美国。美国,他的国度","他熟悉美国作家的作品,又对中国的古典名著《三国演义》《水浒传》和《西游记》等有所了解,成为集中西文化于一身的智者(wit man),是个双关语"。"阿新"是美国家喻户晓的华人形象,汤亭亭以最能代表美国精神的诗人命名阿新,体现了作者探索华裔文学的发展方向和自觉融入美国文化的决心。

小说中的许多短语和句子都来自惠特曼《草叶集》中的名篇《自我之歌》和《大路之歌》。事实上,这部小说也正是惠特曼·阿新研究自我在美国社会中的地位的自我之歌。如第一章的"行者与问者"和第二章的"语言学家和争论者"都是来自《自我之歌》的第四节,"行者和问者围在我的身边……但是所有这些并非我自己。……回首往事,我汗流浃背、腾云驾雾地与语言学家和争论者耐心等待……""语言学家和争论者"还提到要在美国建立一个"美国梨园子弟团"的想法,任何种族的演员都可以参加,这也暗合了汤亭亭想要通过自己的作品将华裔文化呈现给世界的主张和愿望。第六章中的"职业之歌"还是《草叶集》中的同名诗歌。虽然用的是和惠特曼相似或相同的名字,但小说中的意思和惠特曼诗歌中的意思大相径庭。"他的洒脱奶奶大摇大摆地走了……仲夏夜之梦中的塞缪尔看到的就是她。这本剧本勾画了……24 个中国仙女的形象。"汤亭亭用拼贴画般的互文性文本向读者展示了阿新的心路历程,暗合了惠特曼的诗歌主题,只有尊重自我,尊重社会才能建立民主的社会,而阿新也只有创造自己的独立性和特色才能立足于以白人为主的美国社会。这也是小说的深意和最终目的,让华裔文学成为美国文学的一部分。

四、对《西游记》的戏仿

作为一个反英雄的拼贴式的人物,阿新还戏仿了中国古典文学的经典《西游记》。通过对《西游记》的元小说戏仿,体现了汤亭亭作为华裔作家的社会责任意识,打破主流文化的偏见,呈现华裔种族的独特性,构建多元文化的和平社会。

小说的标题"引路人孙行者:他的即兴曲"就表明了小说与古典名著《西游记》的关系,也暗示了二者之间互文性。这里" His Fake Book"被翻译成了"他的即兴曲",它字面上的意思是"他的伪书",这便让中国读者困惑不已。后来汤亭亭在接受采访时对副标题"他的即兴曲"做了解释:"这是个爵士乐术语,爵士乐师常常即兴发挥基本音调、歌曲与和音。有时这仅仅是音调的开始,接着他们便即兴创作。所以,我试图写一本有基本情节的书,为社会行动和思想提出建议。我希望能够引出读者,让他们进一步即兴创作。"

在《西游记》中,唐僧给孙悟空起名叫"行者",他有火眼金睛能识破妖魔鬼怪的伪装,他机智无双,一路斩妖除魔,成功帮助唐僧取得真经。《引路人孙行者:他的即兴曲》中的阿新在小说中也以孙悟空自居:"我确实是,美猴王在当今美国的化身。"当阿新还是个孩子的时候,他父母就让他穿上猴子的衣服,扮演猴子,进东方杂耍团赚钱养家糊口,这使他无形之中将自己同美猴王等同起来。他戴上美猴王的面具,叙述者说:"变!"阿新就变换自己的角色。另外,叙述者在小说中也将阿新称作美国的孙悟空,她常称他为"亲爱的猴子""可怜的猴子""亲爱的美国猴王"。《西游记》中的孙悟空是追求自由、敢于挑战权威的战士,阿新也是,他的思想和行为是典型的"垮掉派"青年。作者描写的阿新也像孙悟空一样,在不如意的环境中生活成长成为一个精神上的自我释放者,在滑稽和不合时宜的语言中获得了自我意识和反权威的喜悦。《西游记》中的孙悟空在时空中不断穿梭,他随唐僧去西天取经,一路铲妖除魔,他事实上是唐僧的引路人。小说中的阿新引导读者在西方做思想的游历。小说在时间上的顺序像孙悟空手里的金箍棒,是混乱和颠倒的,文本也是不确定性的,暗示了美国多元文化的本质。孙悟空凭其智慧和七十二变,打败各路妖怪护送唐僧到西天取经。阿新也具有多变的身份,他是剧作家、诗人、脱口秀演员,他是愤世嫉俗的嬉皮士,是妈妈眼中没出息的儿子,情人眼中懦弱的保护者,他还是有责任感、使命感的华裔文人。汤亭亭让我们看到一个不断变化的世界,小说情节上的不连贯也让读者反思美国华裔所经历的磨难。孙悟空经历了八十一难后取回了真经,而美国华裔也最终会获得"新的属性",在多元化的美国为自己争取一席之地。

小说还戏仿了《西游记》这部小说本身。首先,《引路人孙行者:他的即兴曲》在叙事形式上戏仿《西游记》,小说的结构是呈跳跃式、非线性的,和中国古代的章回体小说很相似。中国古典的小说结构与西方传统小说"开头—中间—结尾"的构成有很大不同,采用一个情节接一个情节的结构来构成全书,被称为"连缀式"。这种结构貌似一盘散沙,故事之间缺乏统一性和整体性,但是事实上是作者有意为之。而这种"连缀式"正是后现代元小说的叙事特点。《引路人孙行者:他的即兴曲》正像《西游记》一样,各个章节的内部都显示出结构的无序性,正如韩彦斌所说:"结构的松散标志着叙事的松散,如此一来也就达到了小叙事拆解大叙事的目的。小说每一部分的叙事中都有不同的意象,而这些毫无关联的意象并置就取代了'元叙述'的话语模式,意义变得难以捕捉,但这却恰恰呈现了人们意识里的真实状况。"当阿新讲完故事时,都会出现中国章回小说的套话:"要知后事如何,且听下回分解。"作者看似漫不经心地安排实际上有着精心的设计。

《西游记》中的故事也零星地穿插在小说中,里面的人物和情节都被大量引用,形成互文性阅读。每一个场景在作者的笔下都有所变化,却又都被赋予了新的含义。在小说的第二章,阿新将一夜辛苦创作的诗歌投到火炉中,他一边烧一边在想:唐僧师徒来到西天取到经书,一路回转发现经书上竟然一片空白,于是他们返回西天,换回了有文字的经卷。暗讽那些自称知道真伪的人,其实他们和那群和尚(小说中人物)一样,看不出无字之经才是真经。

《西游记》中的人物与情节被大量引用。在第四章中,阿新向他的朋友们讲述了孙悟空在花果山占山为王和大闹天宫的故事,其中穿插了阿新自己的大量即兴发挥和表演。他以骑着黑马的佐罗的形象出现其中,他把花果山选在了美国西部,表明了美国才是阿新的故土,这个国家也有华裔的一份。在"大闹天宫"的故事中,阿新还"调动"了中国古代许多著名的将领——如岳飞、杨门女将、花木兰以及《三国演义》和《水浒传》中的人物,前来助阵孙悟空和天兵天将作战。故事情节最高潮部分出现在第七章"西方梨园"这一章,阿新扮演"孙悟空",一个白人演员扮演"如来佛",最后"孙悟空"被"如来佛"压在了五指山下。这也象征了白人主宰的美国主流社会对华裔的压制与歧视。

汤亭亭通过小说《引路人孙行者:他的即兴曲》对《西游记》进行戏仿,塑造了一个充满反抗精神,争取平等权益的英雄。小说中的阿新对美国本土人文地理的熟悉说明美国才是他的本土,他也清楚地意识到,华裔要融入美国主流社会,争取平等的权益,必须摆脱丑陋的华裔刻板形象,取得话语权,创作出有影响力的华裔文化。

《引路人孙行者:他的即兴曲》还戏仿了《西游记》中的全知叙述者——观音。在《西游记》中,孙悟空护送唐僧去西天取经,途中经历八十一难之后取回真经,最后修得正果,其中离不开全知全能的观音的点拨和帮助。同样的,在《引路人孙行者:他的即兴曲》中,汤亭亭也让观音做全知全能的叙述者,在阿新受尽磨难时,助他脱离苦海。对于为什么要用观音来做小说的全知叙述者,汤亭亭在采访中曾解释说:"我发现,在我们阅读过的大部分文学作品中,全知的叙述者都是白人男性,这是因为 19 世纪人们信奉白色人种的男性上帝,当时的小说就是在这种氛围中完成的,现在我的叙述者是观音,这是个巨大的转变——人们一眼就能看出叙述者是个女性。她总是帮助女主人公。"这也暗含了汤亭亭倡导男女平等的思想。就以小说第一章为例,南希向阿新诉说她在好莱坞演东方农妇时被导演训斥。这时,叙述者观音说话了:"惠特曼,你现在应该摈弃瑞克尔,给她一点安慰,'咱们要实事求是;我们没有剧院,就像没有神一样,因此,社团很有必要……'"叙述者观音还告诉读者:"今天晚上,我们的惠特曼要写剧本。如果你想看看他能否写出剧本,如何谋生,如何在工作日的下午闲逛、喝咖啡。预知后事如何,且听下回分解。"在每一章的结尾都有类似的小结。这种全知叙述者的出现,不仅让读者可以很好地了解主人公的行踪,而且让主人公能得到点拨和启示,帮助他们走出困境,同时也让读者通过不同的视角来进一步领会文本和作者的意图。

在《引路人孙行者:他的即兴曲》中,汤亭亭成功地运用后现代元小说的叙事语言和叙事技巧,演奏了中美文化融合的即兴曲。她通过对经典人物的元小说戏仿来发出声音,重构了美国华裔的历史,使美国华裔文学不再只是通过支离破碎的"讲故事"来对抗记忆。就像她在接受采访时所说:"我试图写一本有基本情节的书……能够引出读者,让他们进一步创作。"

第五节 《公众的怒火》的多元化元小说叙事

一、作家和作品介绍

罗伯特·库弗是美国著名的后现代主义作家,被誉为当代美国"最具有独创性和多才多艺"的小说家、文学家。他的短篇故事集《符号与旋律》(*Pricksongs & Descants*)已成为美国 20 世纪 60 年代公认的重要实验小说集。1977 年,他的长篇小说《公众的怒火》出版,其开创性的文风给美国文坛带来有力冲击,从此库弗奠定了他在美国当代文学领域中的地位。库弗一生勤奋自律,笔耕不辍,至今已经出版了几十部作品。他获得各类奖项无数,同时当选为美国艺术与科学学会(American Academy of Arts and Sciences)和美国艺术与文学学会(American Academy of Arts and Letters)会员,是学者型作家中极少数同时担任两会会员者之一。

1932 年 2 月 4 日,库弗出生在美国艾奥瓦州美丽宁静的查尔斯城,库弗少年时便品学兼优,兴趣广泛,尤其热爱戏剧和写作。1949 年,库弗进入南伊利诺大学读书,并成为报纸《埃及人》的记者。1951 年,他转学至印第安纳大学,主修斯拉夫语。1958—1961 年,库弗在芝加哥大学攻读硕士学位,其间库弗对传统小说形式也进了反思,这对他后来的文学创作有重要影响。1966 年,库弗的第一部小说《布鲁诺教派的起源》(*The Origin of the Brunists*)出版,并获得了威廉·福克纳奖,这是一部典型元小说。他最负盛名的长篇小说还是《公众的怒火》,同样也是典型的元小说创作,库弗其他的小说如《杰拉尔德的聚会》、《电影之夜》(*A Night at the Movies*)、《威尼斯的匹诺曹》(*Pinocchio in Venice*)等也都是元小说,有人评价说库弗是将元小说进行到底的作家。

《公众的怒火》是罗伯特·库弗的代表作,奠定了库弗作为美国当代重要小说家的地位。小说结构复杂,构思巧妙,从构思到出版用了近 10 年时间,其出版过程颇为曲折,但作品一经问世,反响巨大。库弗运用戏仿和拼贴等策略,前置历史重构过程,使作品关注自身,呈现出典型的"元小说"特征,是一部"编史元小说"。小说围绕 20 世纪 50 年代的罗森堡间谍案展开,关键叙述者尼克松贯穿始末,虚构了在纽约时代广场上对罗森堡夫妇的公开处刑,通过戏仿、反讽和夸张等手法,再现 20 世纪 50 年代初东西方冷战时期美国的民族心态,对美国的政治、历史、意识形态、流行文化、语言文字等种种虚构体系进行了审视和批评。小说结构比较复杂,包括序曲、尾声和主体三个部分。序曲读起来像一部新闻影片,围绕罗氏案件的偏执氛围逐渐展现出来。而尾声则虚构了尼克松终于获得"山姆大叔"(美国的绰号和拟人化形象)的青睐,荣幸地成为其下一个化身——新一任美国总统的结局。主体部分按时间顺序又分为四部分,分别描写星期三和星期四、星期五上午、星期五下午和晚上的情况。每个部分包括7个章节。四个部分之间插入三段"插曲",分别是艾森豪威尔总统的一篇演说、艾瑟尔·罗森堡请求艾森豪威尔总统给予赦免的一段对话,以及联邦囚犯管理局局长詹姆斯企图诱使罗氏夫妇认罪并遭到严词拒绝的一幕歌剧。全书的28个章节中,有15个章节外加尾声,是由副总统尼克松以第一人称叙述的,集历史学家、叙述者、角色三位一体的尼克松和全知叙述者交替叙述故事,大量历史事实、数据、真实档案和库弗虚构的想象交织融合为一体。另外13个章节由一位不知名的叙述者以第三人称来讲述。小说内容极为丰富,寓意相当深刻,涉及美国"冷战"时期的历史、社会、政治、意识形态等方方面面,通过戏仿现实主义叙事惯例,凸显历史的虚构性和文本性,揭示库弗对历史虚构以及历史与现实之关系的看法。

　　库弗认为历史并非自然产生,而是在语言和意识形态的共同作用下构建而成的人工制品。人们只能够通过历史、小说、文献、大众媒介或档案等文本形式感知历史,而这些文本形式,并不能客观地再现真实世界。对库弗来说,编撰历史就是一种虚构的构建过程,是一种意义构建行为。在这个虚构过程中,权利话语和意识形态起到决定性作用。在书中,几百个真实历史人物,如罗森堡夫妇案件的辩护人、公诉人、辩护律师、证人、高级法院法官以及美国国会议员等,都成为虚构人物,叙述者尼克松还不断对这种历史构建过程评头论足,甚至想要改写历史,不仅揭露历史的虚构性,也自我暴露文本的虚构性,提醒读者,历史和小说一样,都是凭借语言媒介构建出来的人工制品。《公众的怒火》以一种悖谬的方式描写历史和社会,是一部典型的"历史编纂元小说"。

二、一部由真实历史编纂的元小说

　　20世纪80年代,琳达·哈琴在她的《后现代主义诗学》中提出了历史编纂元小说(historiographic metaficion)的概念,她指出历史编纂元小说是一些"广为人知的通俗小说,它们不仅自我指涉性强烈,而且同时悖论式地声称具有历史事件和历史人物真实感"。历史编纂元小说不仅质疑对过去事件的"绝对了解",阐释了历史再现中意识形态的作用,而且具有元小说的自我意识。哈琴认为《公众的怒火》是一部典型的历史编纂元小说,提醒读者历史文献的虚构本质,以此来消弭历史和虚构的绝对界限,具有虚构性和历史性的矛盾特征,是"自我意识"与"历史意识"的双重构建。库弗把元小说技巧和对美国历史以及意识形态的批评结合在一起,通过强调历史话语局限性,指出美国意识形态的局限性,批判特定历史时期的政治文化,引导读者对现实问题进行思考。

与传统历史小说不同,《公众的怒火》无意真实地模仿历史,而是对相关的历史人物和事件进行扭曲变形和虚构,采用虚实并置的手法,正如小说中的人物尼克松所言,"历史本身是文字,是不折不扣的谎言","所谓的真实客观只不过是观点的堆积"。《公众的怒火》的小说文本既不完全是历史的,也不完全是虚构的,而是"杂糅或马赛克"式的。虚实并置导致历史不再是理所当然的客观事实,而是被小说的技巧编码的文本和话语,历史的书写变成了小说的行为。

小说一开篇,读者便看到看似真实的历史记录,营造了再现20世纪50年代的美国社会"逼真感"。"1950年6月24日,距离第二次世界大战结束还不到五年,朝鲜战争就开始了,美国青年再一次穿上军装去为自由送死。几星期以后,有两个纽约市的犹太人,朱利叶斯·罗森堡和艾瑟尔·罗森堡,被联邦调查局逮捕,并被指控犯有阴谋窃取原子弹情报并泄露给俄国人的罪名。他们受到了审讯并被定罪,于1951年4月5日由法官判处死刑⋯⋯""已经决定在1953年6月18日,星期四,也就是他们结婚14周年纪念日当晚,在纽约市的时报广场把他们用电刑处死。"这两段话试图呈现历史小说的错觉,权威、真实、可信。但是熟悉罗森堡夫妇案件的读者会察觉到这不是历史小说,因为罗森堡夫妇行刑的地点是辛辛监狱,不是纽约市的时报广场,小说一开始就虚实并置地赋予小说魔幻色彩,像陈后亮所说,历史编纂元小说要在小说中"既树立现实主义的幻象,又着意以清醒的自我意识将之戳破","引导读者去一同反思话语和权力在构造我们的日常现实时所发挥的作用"。库弗有意将历史叙事变为了虚构叙事,由"自指"变为"他指",模糊了历史与小说的界限的同时,也将历史的真实性问题化了,所以哈琴认为"小说所呈现的事实和历史写作中的事实同样的真,亦同样的假,因为二者都是以事实而不是以事件的形式存在"。

李琳认为:"库弗打破传统的文本界限,将史实与虚幻交织在一起的做法,凸显了文学创作的任意性和人为性。一切材料,无论是真实的还是虚幻的,都可以用于同一文本的创作。"《公众的怒火》中的叙述者尼克松与真实的尼克松之间有很多相似之处。尼克松仕途的坎坷和他在水门事件后所受到的质疑和指控,让他对罗森堡夫妇的遭遇充满同情,小说中的尼克松并不完全认同山姆大叔所说"历史就是光明之子(美国)和黑暗之子(苏联共产主义)之间的战争",他对历史的思考也表达了库弗对历史的看法"将一些偶然放大,而将其余问题遗漏"。尼克松在小说中是这样诠释历史和语言的作用:"什么是事实,什么是意图,什么是框架,什么是本质? 奇怪,历史的作用,历史对我们的控制,可是历史不过是些词语而已。大部分是将一些偶然放大,而将其余部分遗漏。我们还没有开始探索词语的真实力量,我想。如果我们打破规则,游戏证据,操纵语言,让历史成为忠实同盟,又会怎么样呢? 当然,妖魔已经在这样做了,不是吗? 又比我们先行一步。如果不是为了解除语言的自然限制,不是为了在逻辑选择之间有意识开创的一个空间、一个人为开辟的幽灵般的无主之地,那么他的辩证法的阴谋又是什么呢?"在这里尼克松将历史看作是某种"阴谋",将语言看作是"游戏"。美国强势的意识形态造就了罗森堡夫妇和道格拉斯大法官等一批受害者,尼克松意识到这一点,想去辛辛监狱挽救罗森堡夫妇的生命,但是他又不敢于危及"原来那个太平的我",他对历史有清醒的思考,却无法挣脱其束缚,最终还是变成了"山姆大叔"的代言人。小说将真实的尼克松和罗森堡夫妇的历史事件融入虚构的小说文本中,构建了小说中的历史话语,消解了传统小说的"宏大叙事",揭示了历史的人为的虚构性本质。

作为典型的历史编纂元小说,《公众的怒火》在自我指涉的同时,也指涉历史,对现实、历史和政治进行了深刻的嘲讽和批判。小说的背景是二战后冷战时期美苏争霸的麦卡锡时代。为了维护世界霸权地位和强权的统治,美国在世界各地挑起争端,迫害持不同政见者。小说虚构了代表美国国家权力机关的神话人物"山姆大叔"和代表共产主义的罗森堡夫妇。在舞台上,"山姆大叔"的代言人艾森豪威尔总统拒绝罗森堡夫妇请求赦免的演说,对艾瑟尔和抗议民众的声音充耳不闻,艾瑟尔"有时直接对着他说,但是更多时候,她试图通过引起观众的回应来向他传达自己的话语","毕竟,我们有非常相似的目标:让固执的、持怀疑态度的美国民众——我们的法官——相信我们的清白。我们确实是无辜的"。组成这一段文字是有史实做背景和铺垫的,艾瑟尔给艾森豪威尔的信件、艾瑟尔的赦免请求以及艾森豪威尔在1953年2月11日和6月19日所发出的拒绝赦免的两份声明都是真的。但是库弗将这些穿插在一起,表现出两种意识形态的冲突,可以看出,作为共产主义代表的艾瑟尔的声音是不被听到的,这是为了维护美国的霸权地位和克服对共产主义的恐惧。共产主义是小说中的"幽灵",是"与山姆大叔作对的黑暗势力",所以罗森堡夫妇必须坐在时报广场的电椅上被当众施以电刑,所以山姆大叔指责下达延迟行刑命令的道格拉斯大法官叛国,是美国"隐秘的欲望和恐惧"导演了这场政治骗局，导致罗森堡夫妇成了替罪羊和牺牲品。这正如帕特里夏·沃在她的《元小说：自我意识小说的理论与实践》中所说的，小说文本的世界与"经验的真实世界有直接关系，但是它本身并不是这个经验的真实世界"，也说明历史和小说都离不开意识形态的表述，虚构叙事与社会政治之间必然存在联系。

库弗还在小说中利用真实的媒体报道指涉历史和小说文本的虚构性。看山姆大叔和尼克松的对话便可看出媒体报道也是话语的虚构体系，"所有关于过去和法庭的证词都是……彻头彻尾的谎言！空谈！狡辩！……就像历史本身——或多或少都是些废话。实用政治就在于无视事实！观点完全控制了世界"。为美国思想意识服务的媒体并不能客观报道事实，那么历史也绝对不可能真实再现。媒体只会宣扬美国的专制思想，为罗森堡夫妇被推上电刑台推波助澜，而民众将媒体报道当成事实，在其思想的影响下表达他们"公众的怒火"。看看库弗对小说中《纽约时报》报道的内容的描述："人们急切地读着父亲节的广告和危机列表，没有注意到有人跳了楼，有女孩在地铁站台上被强奸……看不到最高法院外聚集的人群，看不到地铁墙上的字：客观化就是疏离的做法。"人们不辨真假、不加批判就接受了媒体的报道。再看看库弗所描述的民众眼中的《纽约时报》的作用："他们去那儿，同时和印刷出版的所有活人、死人的言行隐含的历史精神做亲密交谈。在伟大的石板、铅板和锌板上，文字图画出现又消失，每天都有不同的花样；虽然不同，但仍让你觉得似曾相识。这些板块似乎告诉我们，某一种恒定的目的在激发着'精神'，即便在不正常的情况下，也会使人类纵横交错的日常营生苟延下去……这是……对付可怕的潮流的法宝：人类只害怕突然发生的事情。"库弗还借朱利叶斯描述的梦魇般的经历暗讽《纽约时报》展示给人们的"合乎理性和秩序的生活图景"，批判美国媒体报道的虚构性。"他经常……发现自己也在那些板块上，或者据说是他的某个人（他们叫他'被指控的人'，但是关于他的那些词在融化，变模糊，他只看到'被诅咒的人'），不过，他还没认出自己的形象，一副巨大、空洞而且茫然的样子：就像在看欢乐屋里的哈哈镜，把人拉得如此瘦长以至于可以忽略它的存在而看过去。他曾经想如果自己也能被登载在这些板块上，那么一切都不成问题了，但是，现在他知道这根本不可能：大活人是从来不会出现在这儿的，这里只有假设，而且日日更新充实，使这块巨大、复杂、静态的石碑——《纽约时报》的最佳创作——保持完整，合乎理性和秩序的生活图景就在假设中展现。无论这是多么荒唐。"《纽约时报》这块"纪念碑"成为美国思想意识形态的阵地，成为美国霸权主义的代言人，"事实并非源于生活，而是源自启示"，"《纽约时报》俨然起着道德与社会秩序的宪章作用"，库弗寥寥数语就揭示了"美国社会新闻的虚假、政治的黑暗、话语的霸权和社会的不公"。

《公众的怒火》模糊了历史和小说的界限,以质疑的态度让读者重新认识历史,思考现实问题。哈琴在《后现代主义诗学》中概括了历史编纂元小说的特点为"将事情问题化",而"问题化"的关系就在于揭示出"矛盾",历史编纂元小说彰显了"问题化"这一过程,其形式上的自我再现和历史语境目的在于将历史和知识的可能性问题化,因为在这一点上没有妥协和辩证法——只有悬而未决的矛盾。库弗在《公众的怒火》中诠释了这一特点,将"文本重新置于文本赖以存在的社会、意识形态、历史和审美语境之中",揭露意识形态和话语霸权如何虚构历史、误导大众。

三、对历史的戏仿

在文本的表现形式上,后现代元小说作者们通常用戏仿来进行反讽,历史编纂元小说家们也运用戏仿的技巧,通过互文过去展开对话,解构传统,揭露文本的虚构性,重构现实世界。哈琴认为:"后现代主义的艺术形式(和理论)以戏仿的方式对传统观念既利用又滥用,先确立后推翻。既自觉地指向自己内在的悖论和临时性,也指向他们对过去艺术的批评性或反讽式重新解读。"因此,她把戏仿定义为:"带有批判距离的重复,它能从相似性的核心表现反讽性的差异。"既质疑了戏仿的传统,又提出质疑,以达到批判和反思的目的。

《公众的怒火》是典型的历史编纂元小说,库弗用戏仿来解构历史事件的真实性,小说中涉及众多的历史事实和历史人物,小说从尼克松的角度对罗森堡间谍案进行了元小说叙述,同时将真实的历史事件,如美苏冷战、朝鲜战争、政治阴谋和文化活动等写进小说里。揭露历史虚构性的同时,引导人们重新审视美国的意识形态体系。

1.结构上戏仿传统戏剧

在《公众的怒火》中,库弗在小说结构安排上戏仿了传统戏剧的叙事惯例。他戏仿了戏剧的框架安排和戏剧蒙太奇式的表现形式。库弗早在少年时期就表现出对戏剧的热爱,这可能是他有意戏仿戏剧的一个原因。库弗在访谈中曾提到他开始时是打算为《纽约时报》写一个街头反战剧本,最后构思成了一部长篇小说。"最初是想把它写成戏剧,但后来,我感觉这种形式不合适;所以就以小说的形式来构思。"这可能是他在小说中戏仿戏剧的另一个原因。库弗在小说中加入了戏剧化的狂欢场景，把罗森堡夫妇在时报广场公开处以电刑设计成一次盛大演出，正如文中描述的那样。"那是发生在 1953 年 6 月 19 日的故事。那天，罗森堡夫妇在时报广场被施以电刑，形形色色的人都赶来看热闹。从某种程度上说，那天发生过的一切都在时报广场发生了；所有的事情都被压缩在一场大型马戏表演中。"罗森堡夫妇被施以电刑不是在它的事件实发地——美国联邦囚犯管理局的辛辛监狱，而是被设计在了时报广场，让这个真实历史事件变成了"一场大型马戏表演"，一个戏剧式的讽刺。

小说在结构安排上将传统的小说叙事模式戏仿为戏剧形式。小说主体分四个部分，共 28 章，还有序曲、尾声和分开四个部分的三段插曲，这不像一部小说，反倒像一部歌剧。小说的叙事多次采用了类似舞台剧的形式，带有场景描写（包括服装、道具等）和有独立间奏曲的舞台说明。第一段插曲是艾森豪威尔的演说，第二个和第三个插曲都是模仿戏剧的结构来进行。第二个插曲是艾瑟尔请求艾森豪威尔赦免的一段对话，生死攸关的大事被戏剧性地写成了剧本的台词，真是充满了讽刺。小说的第三个插曲是一幕歌剧，主要是关于联邦囚犯管理局局长詹姆斯企图诱使罗森堡夫妇认罪并遭到拒绝，库弗将这幕歌剧命名为《人的尊严不供出售：朱利叶斯和艾瑟尔·罗森堡的最后一幕辛辛歌剧》，附有演员名单，包括尼克松、马克思兄弟、乔·麦卡锡、约翰·肯尼迪、艾森豪威尔、法官考夫曼和罗森堡等历史人物，舞台监督是当时著名的好莱坞导演、编剧及制片人西席尔·地密尔，协助人是著名的伯纳德·巴鲁克、沃尔特·迪士尼和埃德·苏利文，库弗还进行了细致的场景描写，甚至连歌剧的演唱形式都做了说明。库弗写道，这是一个围绕"正义和邪恶两股力量的斗争"展开的剧本，"正在发生的一切都已经提前写在剧本里了"，"这个案子上上下下牵扯到的人物乃至全国的人，包括我在内，都像戏中的演员"。舞台是美国的"光辉中心"，演员是来自美国政界、商界、新闻媒体和流行文化的代表，形形色色的人都来看热闹。但是，本来应该严肃的历史事件被写成了一出荒诞的歌剧，政府官员的审讯，劝解罗森堡夫妇的慷慨陈词变成了歌剧的咏叹调，执法的辛辛监狱的工作人员成为合唱团的人员，历史的庄严、肃穆和距离感消失了，对所谓的历史真相进行了嘲弄，所谓历史不过也是一种书写罢了。掌声、导演、演员、剧本都设计好了，就像尼克松的思考，这就是"我们这代人上演的一出道德短剧"。在剧中，罗森堡夫妇案件只是一幕插曲。"不知怎的，我感觉自己像是审判的作者——并不是就文字而言，而是就演出风格而言，好像我以自己的公众形象令观众有了许多期待，确立了标准，加上了华丽的辞藻，使角色明朗化，为的是让我们这一代能以戏剧化的方式亲历我们时代的根本论战！"历史不过是人为操纵下的一场演出，库弗在小说中也直言不讳地说："在演出的背后，到底谁才是真正的罗森堡夫妇呢？也许人们永远都不会知道。"历史的虚构性在这幕闹剧中得到了最好的诠释，戏仿让小说上升到了一个思想的高度。

2. 角色上戏仿罗森堡夫妇和尼克松

为了增加戏剧的效果，库弗将罗森堡夫妇设计成殉道者，他们是美国冷战时期意识形态的牺牲品，库弗称罗森堡夫妇的电刑是"一次献祭，是西方道德和社会秩序的新宪章，是我们这个时代未来和平的基石"。罗森堡夫妇无疑是书中的悲剧人物，是美国政坛为了转移公众的注意力而选择的"献祭"，他们是"作为民族的替罪羊被处死了"。库弗借出租车司机对尼克松说的话对罗森堡夫妇案件做出评价："看呀，就不能免去这些累人的仪式，这些愚蠢的做法？它们和生活毫无关系，你是知道的，生活总是全新的、变化的，所以干吗让替罪羊、牺牲品、仪式、狂欢之类的东西把生活搅得一团糟呢？……我觉得你们走错了道儿。复活节审判、火烧树俱乐部、道德剧、牛仔城恩怨——生活太大，你们那样做并不能把一切包裹在内。我看到你们在时报广场布置的乱哄哄的场面了。没什么用，尼克！听着，还不是太晚，尼克，还有时间回头——忘记这场愚蠢的马戏吧。"所以，可以看出，库弗并没有俗套地将罗森堡夫妇设计成为了真理、平等、自由而献身的烈士或英雄的角色，因为人们对自身的价值追寻也是无所适从，真相是什么已经不重要了。所以辛辛监狱的监狱长才会嘲讽地说罗森堡夫妇"做事就像在树立历史榜样或史无前例的什么东西"。而尼克松在重新梳理罗森堡夫妇案件时发现罗森堡夫妇并不像联邦调查局宣传的那样"卑劣、龌龊"，他们并不是激进分子，尼克松认识到，"也许在不得已的情况下，他们梦想出了这一切。于是，认为人人都有些疯狂的罗森堡夫妇信以为真。他们渴望被人崇拜和惋惜，扮演了盼望已久的烈士角色，以此来显示他们的英勇和他们对事业和朋友的忠诚"。罗森堡夫妇只是自以为自己是为自由、正义而牺牲，尼克松为自己的想法而感到恐慌，他感觉"有什么东西钻进我的身体"，读者同样恐慌，历史都可以解读，那么到底真相在哪里？

库弗将尼克松设计成小丑的形象，他不再是踌躇满志的政客，他洋相百出，是个跳梁小丑。他在小说中时而摔个跟头搞笑一下；他会在上出租车前踩到马粪，弄脏出租车被司机奚落；他把雪茄递给"山姆大叔"，雪茄被点燃时爆炸了；他在美国公众面前将裤子脱了；发表爱国演说时，屁股上写着"我是无赖"几个字。他是这样说的："唯一的问题是我们是否能正视自己对世界所负的责任，是否有信念，有爱国精神，是否愿意在这关键时刻起带头作用！国家现在急需一种新的奉献精神！

我恳请大家支持并培养这一国民精神，以及负起全球职责的信念！这是个伟大的目标！为了实现这一目标，今晚我请在场的所有人向前一步——马上！——为了美国(脱下裤子)！"这一幕虚伪又荒诞，更凸显历史、精神和社会的虚构本质。尼克松一出场便制造出喜剧效果，这缓解了小说中美苏两大阵营间的紧张局势。谈及为何让尼克松充当小丑的角色，库弗说道："从一开始，我就对刻画尼克松很有信心。这样一个对'二战'后的美国社会影响巨大的人，肯定会让我们大家都受到启发。不过，我第一次想到他，是因为他的另一种品格，那种出洋相装傻的天赋。"历史上的尼克松也是危机不断，麻烦缠身，让他充当小丑的形象再合适不过了。对于《公众的怒火》这样一部涉及历史和政治的小说，有一个尼克松这样自省、批判，有洞察力又有些同情心的叙述者非常必要，他貌似插科打诨的旁白让读者看到历史也不过是文字，让读者看到罗森堡夫妇如何成了牺牲品。在观看马戏表演时，观众并不讨厌小丑，所以读者也并不讨厌尼克松，哪怕最后他挣扎之后还是与权力中心妥协，成了"山姆大叔"的化身，因为个人无法与整个权力体系对抗，这更加表明"山姆大叔"不是美国自由、平等的象征，而是强权、暴力的化身。小说最后的尾声部分，尼克松放弃了正义，他爱上了山姆大叔，选择做美国意识形态的新一届代言人，这深刻地暴露历史的虚构性，它不过是为统治阶级服务的话语。

3. 文本上戏仿"跳棋演讲"

"跳棋演讲"(checkers speech)是时任美国加利福尼亚州联邦参议员、共和党副总统候选人的理查德·尼克松于 1952 年 9 月 23 日发表的一场演讲。尼克松之前被媒体报道有一个由其支持者提供的政治基金，对他的政治开销给予报销，他涉嫌擅用竞选公费。这一指控让尼克松的共和党副总统候选人资格受到了威胁，为此他飞到洛杉矶发表了一场时长半个小时的电视讲话，坦白自己的经济状况，坚持没有挪用任何竞选基金，进行自我辩护并攻击对手。演讲期间，他坦承自己留下了支持者送的其中一件礼物—— 一只可卡犬，他的女儿给其取名为"跳棋"(checkers)，这也正是此次演讲被称为"跳棋"的原因。尼克松的演讲真诚、亲切、令人动容，获得民众的支持，保全了他的政治生命。这场演讲有约 6 000 万美国人观看或收听，创下了当时电视收视人数的新纪录，公众对尼克松的支持也如泉涌般爆发。他因此得以继续担任共和党的副总统候选人，并在 1952 年 11 月的大选中获胜。跳棋演讲是政治家利用电视媒体直接向选民发出呼吁的一个早期典型例子，后来"跳棋演讲"一词也成为对任何一位政治家所发表的煽情演说的代名词。

在真实尼克松的"跳棋演讲"中，他说有人恶意中伤他，表示自己不会像杜鲁门政府那样无视指控，称对于他人抹黑的最好回应"就是说出真相"，所以他在开头便说："我的美国同胞们，今天晚上，我既是以一位副总统候选人，又是以一个其诚信与正直受到质疑的男人身份来到你们面前。"他还提到，"站在全国观众面前，像这样毫不遮掩地裸露自己的生活"是多么艰难的抉择。库弗在《公众的怒火》中将尼克松设计成一个马戏团里的小丑形象，他陷入"脱裤门"事件，如"跳棋演讲"一样，他也用一篇激情澎湃的演说将隐私公开，演说里面的很多内容都是戏仿"跳棋演讲"，甚至在最后，小说里面的尼克松大喊："我知道，这还不是最后的污蔑！""今晚在场的所有人走到美国人民面前，像我一样裸露自己！"这些话均出自真实尼克松的"跳棋演讲"。在真实的"跳棋演讲"中，尼克松要求他的政敌也像他一样站出来坦诚自己的个人财务状况，他的家人也都支持他这么做。"因为，乡亲们，请记住，一个要成为美国总统，或是美国副总统的人，必须要有所有人的信赖。这也是为什么我今天会来这里演说，也是为什么我建议史蒂文森和斯帕克曼先生这些同样受到攻击的人也像我这样做。"他说道，"如果他们不这样做，就说明他们有不可告人的秘密"。而在小说中的演讲，尼克松也是如此，他大声呼吁："国家现在急需一种新的奉献精神！……为了实现这一目标，今晚我请在场的所有人向前一步——马上！——为了美国（脱下裤子）！"他用一篇演讲化解了"脱裤门"危机，虽然"山姆大叔"对他的行为很是不满，但是在尼克松的质疑中"如果你不跟我们一起，就是反对我们！只有澄清事实，疑点才会消除"也被迫脱下了裤子，经此一场演说，真实的尼克松和虚拟的尼克松都回到了自己的既定轨道，完成了成为总统所必需的心理蜕变。

"跳棋演讲"是通过电视进行政治宣传，激励美国人民采取行动的一次前所未有的示范。尼克松的传记作者康拉德·布莱克（Conrad Black）认为，这次演讲为尼克松赢得了美国中产阶级的支持，这一支持将从此伴随他的余生，并在尼克松去世后继续为他辩护。他之所以会获得支持，是因为美国人民对他演讲中的故事有共鸣——低租金的公寓，按揭的压力，向父母借贷，妻子和孩子缺少人身保险，还有就是公众钦佩尼克松这样一个"无论别人怎么说"也不会把家里的狗送回去的父亲。而小说中的尼克松在时报广场舞台上的演讲也一样引起在场公众的共鸣，他坦诚自己的危机，要求人们为美国的梦想、为美国在世界上所担负的责任——脱下裤子。在"跳棋演讲"的结尾，尼克松请求观众来决定"我是应该继续待下去还是应该离开"，他的演讲让观众动容，得到了支持，保住了他作为共和党总统候选人的地位。小说中的尼克松在时报广场的演说同样获得了成功，不仅为自己摆脱了"脱裤门"的尴尬，还得到了民众的支持。

其实,在《公众的怒火》中,除了时报广场上尼克松的演说本身是对"跳棋演讲"的戏仿外,还有一些文本内容也是戏仿尼克松这篇改变时局和个人命运的"跳棋演讲"。当然,库弗也借用了"尼克松"这个名字来表明他小说中所陈述的历史的虚构性。尼克松说,许多攻击他的评论员当年在阿尔杰·希斯伪证案中就已经攻击过他,他认为"这在美国政界是史无前例的"。小说中的尼克松也是罗森堡夫妇案件的参与者和实施者,"跳棋演讲"的最后一句是称赞艾森豪威尔:"他是一个伟人。支持艾森豪威尔,就是在帮助美国。"两个尼克松最终都屈服于美国的意识形态,成了美国意识形态的践行者。

"跳棋演讲"感动了很多人,它已经成为一个代名词,用来形容任何一场政治家所发表的情绪化演讲。"跳棋演讲"为库弗写《公众的怒火》提供了一个政治语言和历史语言的文本范例,同时也给库弗以创作的灵感。对于"跳棋演讲"的戏仿让小说在戏剧性中有了历史的权威性,这样就更暴露了库弗写这部小说的宗旨——"历史是一种叙述,是人类的自我建构"。

4. 内容上戏仿神话传说

库弗在其短篇小说集《符号与旋律》中的《献给塞万提斯的序言》(*Prologue to Saavedra*)里写道:"小说家们运用熟悉的神话和历史形式去挑战这些形式中的内容,去引导读者看清事实,远离神秘,披露真相。"库弗还认为,艺术家所虚构、创造的角色应该是一个"讲述神话者,应该是重复过程中有创造力的火花:他是一个撕碎旧故事,讲出不能用言语表达的东西,动摇原故事基础,然后将碎片一起回收到一个新故事中去的人"。在《公众的怒火》中,库弗不仅用罗森堡案这一真实历史事件去颠覆传统,揭露出历史和政治是当权者操纵的游戏,还通过戏仿神话传说来解构"真实历史"。像历史书一样,小说中的历史事实也是经过作者精心选择并为小说虚构服务的,就像陈世丹所说:"《公众的怒火》将历史神话化,用虚构的话语对历史事实进行重新编码,从而揭示历史的真实,产生真理的效果。"

就像小说中的叙述者尼克松所说:"历史不过是文字。历史的大部分构成是偶然的事件,而且事件过程的大部分都删除了。人们尚未开始探索文字的真正力量,我想。假如我们打破一切规章,按证据来玩游戏,按被操纵的语言本身来玩游戏,使历史变成党派同盟,那会怎样呢?"为了营造浓厚的"历史真实感",库弗收集历史事实、数字、历史人物名单、引文、案件线索和诗歌,以"走进塑造引导美国之所以成为这样一个民族的故事内部"。库弗以当时的副总统尼克松作为核心叙述人,虚构了"山姆大叔"这一形象,而其他形象都是当时真实的历史人物,然后虚构的历史也开始了。小说建构了"光明之子"的代言人"山姆大叔"（代表神明和美国的意志）和"幽灵"之间的神话。第二次世界大战结束后，美国为首的资本主义阵营和以苏联为首的社会主义阵营之间的"冷战"就开始了，"山姆大叔"的化身就是时任美国总统的杜鲁门，影射美国和资本主义阵营。"他是个面容憔悴、身材瘦高的人物，看不出来岁月的痕迹，他的肩上背负着世界的重担"，他喜欢炫耀，性情粗暴、好战，长相丑陋，他虽然年轻，但"已经长了络腮胡子，戴着高礼帽，穿着正式的蓝色燕尾服和条纹礼服裤，口袋里塞满了商品货样和专利证明，还有烟花爆竹，像枚7月4日的火箭一样扑向枯萎凋零的旧世界"。他这样形容自己："我是扬基商贩山姆·斯利克，我能够骑在闪电上，一手抓到一个霹雳，一口吞下一个黑鬼，不管是生是熟，不伤一点喉咙就咽下一个皂荚，穿上军装勇猛作战，把胡萝卜挤出血来，从穷牧师身上挤出钱来……我已经赤手空拳打退了一条大虫，掐死了一头黑熊……但是我还没有开始作战哩！好哇！我确实是个粗人野人，身上长满跳蚤，膝盖以下从来没有洗过……因此，你如果要避免在国外发生冲突，最好先放弃海洋和妇女儿童。……我的脑袋和肩膀感到特别好斗，我必须打上一仗。谁要想得到自由的好处，谁就得像男子汉那样不怕打得鼻青脸肿，肋骨折断，狂杀乱砍！"这样一个好战分子代表一个好战的美国，他向世界各地派出军队，制造战争，维护美国的强权政治，在国内迫害持不同政见者，他是野蛮、粗俗、邪恶的混合物，他是美国的化身，库弗让这样一个人物代表美国，可见其讽刺效果。

狡猾的"山姆大叔"利用美国公众对其统治力量的愤怒杜撰了一个剧本，与美国有关的任何东西都是好的，而与"幽灵"有关的任何东西都是邪恶的，必须毁灭。所以罗森堡夫妇的案件，只不过是一场政治迫害。山姆大叔也毫不避讳地说出他处死罗森堡夫妇的原因："我们这星期就得判决那些家伙，不然我们名声就臭了！……我们要不就光荣地拯救了最后的希望，要不就失去了这最后的希望——也就是说，失去了我！……许多人不得不被杀就是因为要装作秩序原本有之，游戏就是这么玩儿的。"库弗旨在告诉读者，他虚构历史的手法和宣称客观、真实的官方历史的构建方式如出一辙。看得出，"山姆大叔"是左右时局的决定力量。当国内外反美情绪高涨，道格拉斯大法官要求推迟对罗森堡夫妇的行刑令时，"山姆大叔"消失了，当美国政府否决道格拉斯大法官推迟行刑时，"山姆大叔"又出现了，他"从撞坏的巡逻车中慢慢爬出来"，"驱散了幽灵的残余，重建了辛辛刑台，抹去墙上的污秽口号，惩戒了鲁莽的交通"。他甚至为尼克松解惑："所有法庭听证都是不折不扣的谎言，难道不是吗？……就像历史本身——或多或少都是些废话，亨利·福特就常这样说……实用政治就在于无视事实！最终统治世界的是观点！历史是一堆冷灰,在里面翻搅,你所能得到的只有脏灰!"罗森堡夫妇作为冷战的牺牲品被电刑处死,库弗用戏仿神话的手法"煞费苦心"地投射出官方历史构成过程中起到重要影响的权力话语和意识形态,引导读者去一同反思话语和权力在构造我们的日常现实时所发挥的作用。

5. 在意象上对《圣经》的戏仿

《公众的怒火》还戏仿了《圣经》。小说把世界划分为彼此对抗的两个力量,"光明之子"和"黑暗之子"的斗争,正是戏仿《圣经》启示录预示的世界末日善恶大对决。小说的第一个插曲:"光明的子弟和黑暗的子弟之间的战争——德怀特·戴维·艾森豪威尔的看法。"嘲讽以艾森豪威尔为首的美国政府单一意识形态。美国自诩为光明的化身,把与之不同的所有意识形态贬为"幽灵"或"黑暗之子",坚信消灭"黑暗之子"是美国的"天命",其称霸世界的野心可见一斑。书中在官方媒体、中央情报局以及代表美国主流意识形态的权力话语的刻意引导下,美国民众把共产主义看作洪水猛兽,坚信苏联即将对美国发动导弹袭击,战争一触即发。罗森堡夫妇行刑前几分钟,纽约市突然大停电,广场陷入黑暗。美国民众惊慌失措,末日般的恐惧弥漫四周:"整个广场笼罩着黑色野火般的恐怖,好像熊熊的烈火把灯光都淹没了。"有人喊:"世界末日来了!"广场上"传来一阵鬼哭狼嚎,一阵咬牙切齿,就像是比《圣经》里巨兽的吼叫还可怕的千万只嘴齐声的哀号!……在叫喊、呻吟和碰撞声的后面,在唯一能听见的世界末日的钟声后面,传来山姆大叔邪恶的笑声"。

罗森堡夫妇案件最终变成了一场闹剧,美国意识形态的象征"山姆大叔"是这场闹剧的总导演。库弗集美国历届总统典型特征拼凑而成一个代表美国的"山姆大叔",企图从政治上和思想上控制民众,坚持"美国信条"所宣扬的单一价值标准和霸权意识形态,已经堕落成一个"地狱般恐怖、专制独裁的国家"。库弗利用戏仿,深刻地讽刺并颠覆了美国的宏大历史叙事,揭露了历史和现实的双重虚构性。

四、语言的游戏——拼贴

哈桑说过,后现代主义作家不追求故事的连续性、整体性和全面性,提倡片段性、零散性和孤立性。作为一部典型的元小说,《公众的怒火》无疑在语言上也是元小说的语言游戏,典型的当然是拼贴。就像利奥塔的"语言游戏"所说:"语言在运用中似一种游戏,游戏中没有普遍合理的规则,一种规则的合理性并不能说明另一种规则的非合理性。游戏的意义首先在于乐趣,乐趣比规则更为重要,游戏需要一定的规则,但游戏合理的规则不依赖任何外在的对象,不需要其他的目的或标准来证明,只能由参与游戏的人彼此约定,共同遵守。"

《公众的怒火》采用拼贴手法,把一些无客体关联的话语、符号拼凑成相互关联的整体,使文本呈现出开放性特质,颠覆传统叙事的同时,也达到了意想不到的艺术效果。

从小说的叙事结构就可看出整部小说是拼贴而成,小说中有各种各样的图示、电影字幕、斜体字、省略、各种图案。小说由 28 个章节组成。包含"序曲"、四个主要部分和尾声,四个主要部分中有三个插曲,把四个主要部分隔开。每个主要部分分别有七个小节,每个部分的标题、插曲、尾声都设计了扉页,在序曲、插曲、尾声的巨大花体字上面画一幅美国国旗。这四个部分篇章数目一致,结构匀称,构成小说的主干。除了序曲插曲和尾声,四个主要部分的每一个奇数章节,如 1、3、5、7,都由尼克松担任第一人称叙述者;而 2、4、6、8 则由第三人称叙述者讲述。体裁不同、风格迥异的叙述互相交织,互为补充,呈现出丰富多彩的复调声音。如句子中的斜体插入:"根本没有文字,也没有所需的形式,没有终极场景,只有行动,接着是更多的行动。也许在俄国历史有情节,可这儿没有——这便是自由的全部! 山姆大叔试图对我说的也是这个:行动——趁现在活着的时候行动!"小说拼贴了英国著名现代派诗人 T. S. 艾略特(Thomas Stearns Eliot,1888—1965)的著名长诗《小阿尔弗雷德·普鲁弗洛克的情歌》(*The Love Song of J. Alfred Prufrock*)第一个诗节,有戏仿的作用。"我们走吧,你和我,走过落日,走过河流,走过蓝天,从广阔的太平洋走到大西洋海岸……我去过河流,我受过洗礼,现在来到绞刑地,啊,天哪! 现在来到了绞刑地……"拼贴起到一语双关的作用,罗森堡夫妇何其无辜。还有拼贴英国作家斯威夫特(Swift,1667—1745)小说《格列佛游记》(*Gulliver's Travels*)里的句子:"Who——Whoo——Whoop! Who'll come gouge with me? Who'll come bite with me? Rowff——Yough——Snort——YAHOO!"库弗用它来暗指"山姆大叔"野蛮粗鄙的本性和美国霸权主义行径。小说中叙事还经常被自由诗打断"多亏尼克松毫不松懈的警惕,狡猾的阿尔杰·希斯终于落入法网……他在这里,兄弟们,这洞有点滑! 跑过来,山姆,把你的叉子带来! 往后退,兄弟们,咱们得机灵些,因为我想我已看到了他的小豆眼!"还有扩音器里传来得克萨斯牛仔的声音:"我不知道什么命运在等待着我,我只知道我必须英勇,我必须面对一个恨我的人,否则就得像懦夫一样倒下……"

还有库弗为了嘲讽媒体用种种不实的数据材料来蛊惑人心,拼贴《时代周刊》

上一个无大写、无标点、任意分开的句子"这是一段令人恶心和让美国人几乎是无法相信的历史——人们会这么狂热到居然要毁灭他自己的国家和同事来服务于一个背信弃义的乌托之邦",然后将它们排成"菱形"的图案。第三人称叙述客观冷静,插曲则时而是总统演讲,时而是舞台剧式的人物对话,拼贴的话语如魔幻小说,充满夸张的讽刺,库弗以此表明现实也是这样被任意安排和虚构的。

整部小说的拼贴太多,让小说的安排像一部"非连续性"的电影的蒙太奇。元小说时间的叙事特点是"精神分裂症",《公众的怒火》表述小说时间的链条从里到外这样被割裂开来,呈现无序状态。库弗用拼贴将这些毫无关联的东西拼成一个"大杂烩",看似无意的拼凑实则启发读者对罗森堡事件进行深刻思考。全书基本上写的是罗森堡夫妇电刑前两天的事,通过把毫无逻辑关系、处于不同时空的画面和场景并置在一起,或者将不同风格特征、不同问题的语句重新排列组合,打破现代主义崇尚的连续性,呈现后现代主义文学特有的"非连续性"时空观,消解小说的意义。在全书的 28 章中库弗竟然呈现了 28 个不同的时空层次、不同场景对同一事件的描写。例如,"法国危机进入第五周。尼克·康多斯是玛莎·雷伊第四个丈夫。威利·哥特林被俄国人枪杀,子弹打在两个眼睛之间;失去他的一个生命,留下三个要抚养的人"。这些句子之间的关联难以捉摸,语言符号在无休止的滑动,等待读者的探索。库弗无非是在告诉我们,客观无非"是观点的堆积;事实并非源自生活,而是源自启示",于是,"残酷常常彬彬有礼地隐藏在数据里……真理则被掩盖起来"。就像插入的尼克松对罗森堡夫妇案件的反思。"难道山姆大叔没有警告过我吗?没有什么已经得到证实,将来也不会被证实……我必须重读那些信件、传记,发现隐藏的主题,无论如何,要对事件有一个全局性的看法,写出一篇讲稿!至关重要的是:今晚我必须站在民众面前做一次激情澎湃的演说,讲出事实,公布真相,帮助他们站高望远,为自己是一个美国人而感到骄傲!这才是山姆大叔希望我做的事情!语言的意义正在于此:消除困惑,恢复精神,重建社会!"所以真相并不重要,重要的是"山姆大叔"是否满意,语言并不是描述真相,而是为统治阶级服务的符号。

小说充满了省略号,充满讽刺,如讽刺《纽约时报》的虚假:"柔和的西风轻轻地吹在甜甜蜜蜜的事物上,芬芳的空气给万物以健康活泼的光彩,使感官更加陶醉……"讽刺尼克松对于艾瑟尔虚假的同情,"我想象中的那条街很窄,有许多小餐馆和电影院……艾瑟尔在哪儿?我看见她了,娇小的身躯,只是淹没在人海中,一个漫无目标的孩子,渴望奔走,但仍然听话去找那份家人让她去找的工作……我向她跑去:'艾瑟尔!小心!'她抬头一看——可是为时已晚,水龙正好冲在她脸上……"就像尼克松所说,"我竭力想象这一幕,但还是理不出头绪"。

通过拼贴,库弗不仅"自指"还"他指",小说文本呈现出非连续性和不确定性的趋势,解构了传统小说世界,消解了宏大叙事,语言沦为游戏,激发读者去思考社会的真实状况和现在人类的生存状态,《公众的怒火》不仅是一部历史编纂元小说,对于解决现实问题也有一定意义。

第六节　《宠儿》的元小说叙事

一、作家和作品介绍

托妮·莫里森,美国黑人女作家,生于俄亥俄州洛雷恩,霍华德大学毕业,1993年获诺贝尔文学奖,是历史上第一位获此殊荣的黑人女作家。瑞典文学院给她的评价是:"在小说中以丰富的想象力和富有诗意的表达方式使美国现实的一个极其重要方面充满活力。"莫里森的主要作品有长篇小说《最蓝的眼睛》(*The Bluest Eye*)、《苏拉》(*Sula*)、《所罗门之歌》(*Song of Solomon*)、《柏油娃娃》、《宠儿》、《爵士乐》等,1989年起她出任普林斯顿大学教授。在莫里森60年的职业生涯中,她写了11部小说、5本儿童读物、2部戏剧、一组歌曲和一部歌剧,是一位特别高产的作家。

莫里森的小说作品均以美国的黑人生活为主要内容,笔触细腻,人物、语言及故事情节生动逼真,想象力丰富。美国黑人文学历史悠久,从20世纪20年代的"哈莱姆文艺复兴"时期开始,黑人小说就走进美国主流文学的世界。阿历克斯·哈利(Alex Haley,1921—1992)的《根》(*Roots*)引发美国黑人的寻根热。莫里森正是从前人的探索中汲取了营养,她将小说创作与民族解放使命联系起来,用她的笔淋漓尽致地描绘了当今黑人民众的生存境遇,探讨黑人民众的喜怒哀乐,不回避他们的问题和弊端,但也正因如此,更是揭露了霸权文化对少数族裔文化的破坏。不仅如此,她还试图通过文学话语呼吁黑人知识分子转向黑人民族文化本身,从过去那些被白人主流文化鄙弃的传统中重新建构民族意识。她对本民族的自信、自强抱有热切的希望,对各种肤色的人们平等和谐发展持乐观主义态度。作为一名女性作家,莫里森又凭借她独特的女性视角,依托其特殊的女性经历,把黑人女性寻求自我的历程和重构黑人民族意识的进程紧密相连,形成交互共进的发展趋势。美国有线电视新闻认为莫里森:"将黑人生活的残酷现实与魔幻现实主义以及令人惊叹的散文交织在一起,为她赢得了一批忠实的文学追随者。她能够塑造复杂的人物,构建历史上密集的世界,这一点备受赞誉。"

出版于1987年的《宠儿》是莫里森的代表作,1988年莫里森因该书获得普利策奖,1993年更凭借该书和《所罗门之歌》《爵士乐》等作品荣膺诺贝尔文学奖。《宠儿》取材于一段真实的历史,讲述一个叫塞丝的黑奴为了获取自由,只身从"甜蜜之家"的肯塔基农庄逃亡到辛辛那提的农舍。一个月后,她被奴隶主追捕,为了让自己的孩子摆脱做奴隶的悲惨命运,她毅然将孩子的喉咙割断后下葬。这个惨死在亲生母亲手里的孩子,被取名为"宠儿"。塞丝也因为亲手杀死了自己的孩子,在后来一直受到社区人们的仇视和排斥并忍受着良知的折磨和巨大的孤独感。宠儿阴魂不散,于十八年后重返人间,她化作少女,搅得家里鸡犬不宁,不仅向母亲讨"爱债",还不择手段地引诱和纠缠保罗,将母亲刚刚稳定和回暖的生活摧毁。本来,母爱和自由并不矛盾,然而在美国黑人的历史中,二者之间却是那样对立甚至是水火不相容。一个母亲为了换回自己的自由,在被逼无奈下,只能剥夺孩子的生命。这部小说在情节安排上,自始至终都存在着紧张的悬念和苦涩的诗意。故事的主人公是一个纯正的黑人女孩。宠儿是因爱而被谋杀的孩子,她回到母亲身边,是寻找心灵的依靠,她因爱而死,又在爱与恨的交织中重新获得自由。

《宠儿》以其独特的叙事手法和叙事话语成为美国后现代主义的一部力作。小说中不同性别的语言变化体现了《宠儿》中的黑人女性观,并将社会语言学的研究与文学欣赏联系起来,丰富读者对小说作品的理解深度。长篇小说《宠儿》是帮助莫里森问鼎诺贝尔文学奖的一部力作。莫里森运用后现代的元小说叙事手法,运用碎片式的叙事模式,从多重的叙事视角来描写"我不愿回忆,黑人不愿回忆,白人不愿回忆"的历史。整篇小说通过不同人物的回忆表现出来,他们的叙述像是拼凑零碎的记忆片段,而正是这种不同性别、不同语言叙述的变化让读者与小说中的人物同步体验"黑奴的内心生活",尤其是女性黑奴的生存状况和精神世界,从而表现出作者独特的女性观。

二、历史编纂元小说重构小说和现实世界的关系

哈琴在她的《后现代主义诗学》中提出"历史编纂元小说"的概念,认为这类小说既有自我虚构的元小说特性,又关照语言之外的历史文化和现实世界。她认为:"历史元小说公开质疑历史是否有假想中那么大的力量,能废掉形式主义。历史元小说的冲动使其形式的、虚构的身份免遭压抑。但是它也恢复了历史事物的地位,

这和大部分主张艺术绝对自立的论点针锋相对。"

荆兴梅总结了历史编纂元小说的三个特点。首先,它在解构史书和历史小说"真实性"的基础上,对小说和历史的关系进行重新定位。其次,历史编纂元小说在解构现实主义叙事惯例的基础上重构小说和现实世界的关系。最后就是历史编纂元小说在解构"语言迷宫"的基础上,重新定义小说与读者的关系。

作为后现代文学代表作的《宠儿》无疑是历史编纂元小说的典范。《宠儿》可以说是一部鸿篇巨制,莫里森将黑奴的历史叙事融入后现代元小说的语境中,实现了意识形态的解构与重构,她通过呈现"写在羊皮纸上的历史",通过碎片式叙事和多重叙事声音的表述,聚合了历史的真正意义。

"黑奴叙事"(slave narrative)特指南北战争之前的美国黑人自传。种族主义的盛行,使得黑人群体一直被社会主流拒之门外,与主流的白人社会差距巨大。事实上,黑奴叙事被认为是美国黑人文学的源头,在形式上沿袭非洲口头传统,大量运用宗教、演讲、音乐等模式,具有浓郁的民族文化特点,黑奴叙事展现了黑奴主体意识的觉醒和对自由的追寻与渴望。黑奴叙事的主人公多为黑白混血儿,在白人奴隶主的压迫下,奋力挣扎以便获得自由与尊严,这便是黑人文学能够发展的源泉,也是莫里森文学创作的动力,更是《宠儿》中塞丝宁可杀死自己的女儿也不让她落入奴隶主手中的原因。荆兴梅认为,《宠儿》是"一部不守常规的黑奴叙事","它继承了早年黑奴叙事的一系列特点,比如非洲口头传统、黑人音乐、反抗奴隶制从而实现生存主体等。同时,它又具有现代和后现代文学的实验和创新特色,像意识流、多视角叙事策略、魔幻现实主义手法等"。历史编纂元小说建构了《宠儿》中黑人与白人之间的对话关系。

莫里森的《宠儿》在解构史书和历史小说"真实性"的基础上,对小说和历史的关系进行重新定位。在蓄奴时代,黑奴的孩子并不属于他们的父母,而是属于奴隶主,是奴隶主的私人财产,他们有的甚至没有自己的名字。一如宠儿,她也没有自己的名字,只被叫作"已经会爬的女孩"。莫里森借斯坦普·沛德的话说出了美国蓄奴制的真相:"白人们认为,不管有没有教养,每一张黑皮肤下都是热带丛林。不能行船的急流,荡来荡去的尖叫的独神,沉睡的蛇,觊觎着他们甜蜜的白人血液的红牙床。从某种意义上讲,他想,他们说对了。黑人越是花力气说服他们,自己有多么温柔,多么聪明、仁爱,多么有人性,越是耗尽自己向白人证明黑人的某种不容置疑的信念,他们体内的丛林就越是神秘、纷乱。但它不是黑人们从另一个(可以忍受的)地方带到这个地方的丛林。它是白人在他们体内栽下的丛林。它生长着。它蔓延着。在生命之中、之间和之后,它蔓延着,直到它最终侵犯了栽下它的白人。

触及他们每一个人。更换和改变了他们。让他们变得残忍、愚蠢,让他们甚至比他们愿意变成的样子更坏,让他们对自己创造的丛林惊恐万状。尖叫的狒狒生活在他们自己的白皮肤下:红牙床是他们自己的。"这是白人眼里对黑人的本质表述,他们必须消除白人的霸权,建构自己的话语。小说中作为母亲的塞丝当然宠爱自己的女儿,可是又惊恐于被"学校老师"知道后会让他们骨肉分离。这便是当时的历史,女性黑奴不断地生育,被剥夺照顾、抚育自己孩子的权利,男性黑奴被不断买卖、随意杀戮,无法承担家庭中的角色。被逼无奈之下,塞丝杀死了自己的孩子,她出卖自己的身体也要在墓碑上刻上女儿的名字"宠儿",这个名字成为一个符号,让还魂的宠儿有了归属。塞丝用极端和惊世骇俗的方式表达她对奴隶制的抑制和控诉,黑人为了自己和后代的人性和尊严,为争取话语权和身份,付出了惨烈的代价。

莫里森也在历史编纂元小说中重构小说和现实世界的关系。《宠儿》是一座纪念碑一样的小说,莫里森赋予小说中的人物名字和话语权,让他们能表达自己的想法,走出失语的困境,同时完成黑人历史的自我建构——反思美国蓄奴制的历史,重新找回失落的身份,还原自我的生存状态与生活。这从莫里森在《宠儿》中对房子和树的诠释可以看出来。房子被认为是美国文学文本中,代表和定义了中心人物彼此之间的关系,是家庭空间,而身份的建构也需要空间。莫里森解构了空间概念的传统意义,使"房子"这个空间成为精神危机的象征。塞丝居住在124号,宠儿的鬼魂让124号危机四伏,塞丝想要弥补,"她什么都拿最好的——先拿。最好的椅子、最大块的食物、最漂亮的盘子、最鲜艳的发带"。可是,宠儿想要报复,"镜子一照就碎,蛋糕上显现两个触目惊心的小手印……"她让原本平静的房子成了凶宅,在林中空地想要杀死塞丝。124号代表了宠儿,即使她已经死了,可是刻骨的仇恨让她的鬼魂徘徊在房子里不肯离去,这也表明了美国黑人作为无权威无身份的边缘化群体的无声反抗。

莫里森用"树"来诠释美国黑人文学"寻根"的永恒主题。塞丝的背上的"树"让人们有无限联想。塞丝背上的"树"是一块丑陋的伤疤,形似一棵"樱桃树"。荆兴梅做了总结,有人说它象征"塞丝对被奴役经历中那些不堪回首的往事和情感的压制";有人说它象征"家谱";有人说它象征塞丝对宠儿无私的爱;有人认为它是"十字架"。但是无论如何解释,这块像"树"的疤痕只是烙在女性黑奴身上的印记,那是她们被奴役被剥削的历史。

三、碎片式的元小说叙事模式

和冯内古特在《五号屠场》中进行时间旅行一样,莫里森也在《宠儿》中于过去、现在和未来之间来回穿梭。就像莫里森在小说中描述的那样,"将一幅画画在玻璃板上,将玻璃打碎,再把碎片按照令人炫目的现代形式重新拼接"就像万花筒一样。无名的宠儿絮语着:"无时无刻我不在蜷缩着和观看着其他同样蜷缩着的人……我脸上的那个男人死了/他的脸不是我的/他的嘴气味芳香可他的眼睛紧闭/有些人吃肮脏的自己/我不吃……好烫/死人的小山包/好烫/没有皮的男人们用竿子把他们捅穿。"黑人的身份危机、生存危机、话语危机,怎样才能让人们理解?无论是文本还是宠儿本身都表现出碎片化的状态,像开放的爵士乐,等待着读者重新拼成完整的一片。

小说的开始是在 1873 年,美国的奴隶制已经被废除了,但是黑人并没有真正获得解放,于是故事以哥特式的叙事展开。"124 号住所弥漫着一个婴儿的怨恨……两个儿子,霍华德与巴格勒,十三岁那年吓得从家里逃跑了。因为——那年,巴格勒一照镜子,镜子就碎;霍华德一吃蛋糕,蛋糕上就出现了两个小手印。"读者首先看到的是一幢整天闹鬼的房子,"婴儿的怨恨",这个婴儿是谁? 叫什么名字? 是谁家的孩子? 为什么是个魂魄? 她的怨恨是什么? 文本没有做任何交代,就像碎了的镜子,故事在支离破碎中展开。

时空错置,不断变换。四处逃亡的保罗·D 顺着开花的树来到了 124 号。因为曾经同在"甜蜜之家"为奴的命运,塞丝收留了他,并期望着和他过正常的生活。塞丝与保罗·D 说话时,零星谈到塞丝坐牢,但是却没有说明她为什么坐牢。宠儿因为保罗·D 占有了塞丝的情感世界而感觉到失宠,把 124 号搅得鸡犬不宁。不堪忍受肆虐的魂魄,保罗·D 决绝地把宠儿从 124 号驱赶了出去。画面一转,宠儿的肉身还魂后和丹芙成了朋友。有一天,姐妹俩尽情地跳舞后累了,"宠儿把头靠在床沿上……这时丹芙看见了那个东西的一段。宠儿解衣就寝的时候她总能看见它的全部"。"那个东西"指的就是塞丝用手锯杀死宠儿时在脖子上留下的疤痕。丹芙问宠儿叫什么名字,宠儿回答说:"在黑暗中我的名字就叫宠儿。"画面还在变换,塞丝为了不让女儿做奴隶,选择逃跑,但是"学校老师"在她逃亡的第 28 天后还是追来,为了捍卫自己孩子肉体的尊严,不像她一样身体被刻写着玷污和耻辱的记忆,她为孩子选择了死亡。"黑鬼小姑娘的眼睛在血淋淋的手指缝里瞪着,那只手扶着她的脑袋,好让它不掉下来。"这时,读者好像明白塞丝为什么坐牢——她杀了自己的女儿。画面再转,宠儿开始发胖,而塞丝却日渐消瘦;宠儿穿上塞丝的衣服,丹芙已经无法分辨谁是塞丝,谁是宠儿了。"宠儿长得越大,塞丝缩得越小;宠儿两眼越是炯炯放光,那双过去从不旁视的眼睛越是变成两道缺少睡眠的缝隙。"碎片的最后是宠儿的独白,在宠儿的记忆碎片里,有这样的画面:"铁圈套在我们的脖子上";"滚烫的家伙"——给塞丝母亲打记号的烙铁;"我站在瓢泼大雨中被别人带走"。读者跟着莫里森穿梭在时空隧道里,一个碎片一个碎片地走过,从过去到现在再到未来,了解塞丝杀婴的全过程,零零碎碎的画面最后拼凑成了"宠儿"的故事。

在"再现历史"的作用下,读者与小说的人物一起回忆过去的痛苦,从贩奴船到124号,从"甜蜜之家"到塞丝杀婴,从丹芙的失聪到宠儿的内心独白,这一段"我不愿回忆,黑人不愿回忆,白人不愿回忆"的历史透过一个个碎片徐徐展现在读者面前。莫里森巧妙地将读者代入到历史的建构中去,暗示奴隶制虽然废除了,可是奴隶制的阴影仍在。而宠儿的身份构建也将非洲裔美国人以及美国白人的记忆重构,碎片的叙述,断裂了的历史,也因宠儿身份的确认而得到修复和延续,契合了在新殖民主义语境之下,人类存在处境的人道关怀的共同主题,小说的主题意义深远。

四、多角度的元小说叙事声音

语言永远做不到真正地确切描述实际发生的事件,只能在其周围绕圈子。性别语言体现着人们对隐藏在语言背后的性别的深刻理解和复杂的认知。在《宠儿》中,莫里森摒弃了传统的单一叙事视角,代之以不同性别的多重叙事方式。但是并非简单的重复,而是多人多次讲述,每个人讲的都是不完整的同一个故事,却"以不同层面为故事提供和积累了互为补充的信息"。叙事学家热奈特称之为"聚焦"(focalization),并且将之分为三种主要类型:零聚焦(zero focalization)即全知叙事,外聚焦(external focalization)和内聚焦(internal focalization)。他还指出,聚焦方法不一定在整部作品中保持不变。在《宠儿》中,作者就采用了多种叙事聚焦讲述故事。

《宠儿》的大部分章节采用了全知叙事。全知叙述者全知全能,宛如上帝一般。叙述者对故事中的一切都了如指掌,能够随心所欲地讲述故事的来龙去脉。《宠儿》开篇,全知叙述者介绍了故事的背景情况:124号农舍多年来充斥着一个婴儿的怨毒,致使女主人公塞丝的两个儿子离家出走,只剩下塞丝和女儿丹芙相依为命。在《宠儿》的扉页里，莫里森写下了"六千万甚至更多"，她欲为惨死在奴隶贸易和奴隶制度下的黑人鸣冤。宠儿是这"六千万甚至更多"黑人冤魂的代表。这个冤魂，还有所有那些白人不大相信的幽灵，都是白人种族歧视的牺牲品。全知叙述者以权威的姿态讲述宠儿鬼魂肆虐、继而以肉身还魂归来的故事，使西方对这个问题的认知方式的弊端昭然若揭。根据帕林德（E. G. Parrinder）在《非洲传统宗教》（*African Traditional Religion*）中的表述，还魂为肉身的魔幻叙事根植于非洲传统宗教，"人们死亡的灵魂不仅能在墓穴旁接受祈求，而且能云游冥府，投胎转生"，因为在非洲人看来，"人世是光明、温暖和充满生气的；死人非常乐意从黑暗和寒冷的阴间转回人世……所有的死人都会回到人间"。就这样，宠儿或肉身或魂魄，在阴阳两界穿梭，将历史片断串联在一起，莫里森完成宏大历史叙事的同时，也揭示了主题——灵魂不得安宁的宠儿是奴隶制度的产物，她悲伤难过，像梦魇一般纠缠着仍然活着的人。

外聚焦叙事中，聚焦局限在观察者实际能够看到的外在情况。通过外聚焦，读者虽无法知道人物的心理，却能够将特定角度下人物的一举一动尽收眼底。在描写宠儿以肉身登场的那一幕，零聚焦叙事在一定程度上让位于外聚焦叙事。

"一个穿戴整齐的女人从水中走出来。她好不容易才够到干燥的溪岸，上了岸就立即坐下来靠上一棵桑树。整整一天一夜，她就坐在那里，将头自暴自弃地歇在树干上，草帽沿都压断了。身上哪儿都疼，而肺疼得最厉害。她浑身精湿，呼吸急促，一直在同自己发沉的眼皮较量。白天的轻风吹干她的衣裙；晚风又把它吹皱。没有人看见她出现，也没有人碰巧从这里经过。即便有人路过，多半也会踌躇不前。不是因为她身上湿淋淋的，也不是因为她打着瞌睡或者发出哮喘似的声音，而是因为她同时一直在微笑。"此处，叙述者充当的基本上是一个旁观者的角色。叙述者描述了一个女人从水中走出来后造访124号的经过。中间只有一句话描绘了这个女人的感觉"身上哪儿都疼，而肺疼得最厉害"。全知叙述者道出了旁观者无法观察出来的个体的感觉，外聚焦叙述者描述了这个女人的行为动作和外貌衣饰，同时也制造了一系列的悬念："她"是谁？"她"来自何方？"她"为何如此的虚弱？"她"为何来到124号？"她"心里在想些什么？

莫里森在《宠儿》中还广泛采用了内聚焦叙事。莫里森通过不同的视角来讲述作为小说核心情节的女主人公赛丝的杀婴事件，一共有四个不同的人物对塞丝的杀婴事件进行了陈述。读者首先看到的是作为赛丝奴隶主的"学校老师"的视角，在他的眼里，塞丝的行为是疯狂而不可理喻的。"里面，两个男孩在一个女黑鬼脚下的锯末和尘土里流血，女黑鬼用一只手将一个血淋淋的孩子搂在胸前，另一只手抓着一个婴儿的脚跟。她根本不看他们,只顾把婴儿摔向墙板,没撞着,又再做第二次尝试。这时,不知从什么地方——就在这群人紧盯着面前的一切的时候——那个仍在低吼的老黑鬼从他们身后的屋门冲进来,将婴儿从她妈妈抡起的弧线中夺走。"接着这一中心事件又从黑人男性斯坦普·沛德的视角重新叙述,他看到赛丝"怎样飞起来,像翱翔的老鹰一样掠走她自己的孩子们;她的脸上怎样长出了喙,她的手怎样像爪子一样动作,怎样将他们个个抓牢:一个扛在肩上,一个夹在腋下,一个用手拎着,另一个则被她一路吼着,进了满是阳光、由于没有木头而只剩下木屑的木棚屋……"最后,读者通过女主人公赛丝本人的视角重现这一过程,"当她认出了'学校老师'的帽子时……如果说她在想什么,那就是不。不不。不不不。很简单。她就飞起来……到没人能伤害他们的地方去。到那里去。远离这个地方,去那个他们能获得安全的地方……"塞丝坚持自己的行为是正当的,面对更为凶残的奴隶制度,牺牲反而成了一种保护,这是多大的讽刺。

读者首先被迫接受身为奴隶主的"学校老师"的话语,从他的语言表述中,我们看到的是赛丝"发疯"的动物般的行为,这种带有明显种族偏见的话语正是否认黑人人性的价值体系的反映。相比之下,斯坦普·沛德的视角更接近客观,但他仍然缺乏从深层次的心理感受上感受奴隶制对黑人女性的戕害,但是他最后明白事情的实质,对塞丝的杀婴行为负责的不是塞丝而是让人绝望的奴隶制度。只有贝比·萨格斯理能理解塞丝,但是过度悲伤的她除了绝望根本不能给予塞丝任何帮助。只有塞丝直面惨痛的叙述才能让故事获得完整的讲述,理解黑人女性对于被剥夺做母亲权利的奴隶制的反抗。这种性别语言表现出的多重叙事使整部小说"没有统一的叙事声音,没有唯一真实版本的真实,没有确定的结局"。不同的叙述者在文本的叙述中通过语法、句法结构和词语选择的不同反映出不同人物的思想意识,让被压抑的黑人话语,特别是黑人女性的话语得以重新参与到对历史的重构中。

五、女性观的元小说叙事语言

语言作为思想的载体和人类最主要的交际工具不可避免地反映出说话人的态度和观点,产生社会语言的差异,形成社会语言变体。社会语言变体的研究大多是从语言交际策略角度来探讨其原因和语言使用的不同,很少有用语言变体分析小说中语言的变异对揭示小说的主题所起的作用。其实,小说中的性别语言变体表现出不同性别的角色在小说的不同场合所使用的语言变化,这对于小说人物的刻画和读者对于小说作品的欣赏都会起到重要作用。就像社会语言学家乔治·莱考夫（George Lakoff）提出的"言为身份"（you are what you say），语言可以表现出说话者的相关社会信息。

1.男性语言变体表现男性形象的缺失

社会语言学家认为，语言也有性别属性。男性总被认为是主宰者；女性则是依附者。可是在奴隶制度下，黑人尤其是男性经常被买卖，他们一家之主的地位被现实击垮，男性气概被剥夺，男性语言的权威性被弱化，《宠儿》中处处显示出男性形象的缺失。生活在"甜蜜之家"的保罗三兄弟的中间名仅被主人以 A、D、F 来区别，表明黑人群体在奴隶制语境下，他们的存在是多么微不足道。保罗·A 和保罗·F 的"在场"都是借用第三人称视角的记忆碎片来呈现的，我们既无法看清他们的面庞也无法听到他们的声音。他们的整个话语、思想和自我意识都在宏大的叙事文本中消于无形。只有保罗·D 的语言叙述视角能让我们看到男性黑人奴隶的抗争话语，但是，在他的语言表述中大多使用被动语态和重复的词和句子结构，表现了黑人奴隶被动的生存状态。保罗·D 这样叙述赛斯逃走后"甜蜜之家"的生活，"一个发疯了，一个被卖了，一个失踪了，一个被活活烧死了"，而他自己"嘴里塞着马嚼子，手被反捆在背后"。当然作为小说中唯一能被称为男性主人公的角色，他的语言变化也表达了黑人顽强的生命力和对未来的希望。保罗·D 开始通过疑问句来思考黑人奴隶的命运，他问小说中的长者斯坦普·沛德："一个黑鬼到底该受多少罪？"而他又无法认同"能受多少就受多少"的回答，发出"凭什么？凭什么？"的呐喊。但是保罗·D 同样在奴隶制下失去了阳刚和温情，先是对宠儿鬼魂的冒犯，后又在知道赛丝的过去后离开了她，即使最后重回赛丝身边也是为了遗忘过去和历史。从保罗·D 的叙述中我们了解了黑人奴隶的悲惨生活和男性形象的缺失，这更能体现黑人女性意识觉醒的珍贵，也更加深刻地揭示黑人奴隶精神创伤对黑人性格的扭曲和黑人奴隶争夺话语权的抗争精神。

2.女性语言变体表现黑人女性的女性观

奴隶制背景下的《宠儿》是美国后现代女性主义的经典之作，莫里森运用史诗般的语言将黑人的种族命运，黑人女性怎样进行痛苦挣扎去实现女性身份的认同表现得淋漓尽致。小说通过三代黑人女性的经历和她们独特的女性语言变体来抨击种族和性别歧视，体现主人公的女性解放意识和女性观。

塞丝的婆婆萨格斯有着所有黑人女性的悲惨遭遇,她在林中布道式的讲演中呼吁她的同胞自爱,她说:"他们不爱你们的肉体……你们得爱自己的肉体。"表现了自爱是长期遭受奴隶制摧残的黑人自我意识开始觉醒时的重要一步,但是她只是利用布道来找到宣泄痛苦的突破口进而麻痹自己,没有意识到奴隶制才是这些痛苦的罪恶根源。

主人公赛丝是黑人女性悲惨历史的一部分。她遭受白人的凌辱,对形状像树一样的伤疤"没有一点感觉,因为皮肤早已死去",她是提供奴隶劳动力的生产工具,因为不愿女儿重蹈自己覆辙成为奴隶而将她杀死。莫里森有意将被塞丝杀死的孩子刻画成既像是人又像是鬼的"宠儿"。当塞丝确认"宠儿"是谁的时候,她向外部世界关上了大门,她喋喋不休地说"宠儿,她是我的女儿,她是我的",表达对宠儿的母爱和宠儿归来的喜悦。她们之间的对话体现了女性语言变体特有的细腻婉转。"你是为我的缘故回来的吗?是的。你记得我?记得。我记得你……你宽恕我吗?你不走了?"在塞丝的内心深处,"她感到需要证明她这样做是对的,是出于一种真正的爱"。悲伤、内疚、母爱交织在一起,让她日夜煎熬。宠儿寄生于赛斯,"吞食她的生命,取走她的生命",塞丝重又沦为奴隶,"吞噬一切的母爱的奴隶"。塞丝的话语支离破碎,标点停顿不畅,这种不遵守白人语言规则的文本表述,正是对白人话语权的挑战和抗议,也体现了黑人女性的自我意识觉醒。宠儿的独白包括两章。在第 4 章的独白中,文本中没有标点符号,意象被堆砌在一起。然而,读者仔细阅读还是能了解大致意思的。第一段描写的是黑人在非洲摘花的情景——非裔美国人曾在非洲大陆过着愉快的生活。第二段描述了奴隶在运奴船上的悲惨经历。宠儿的意识在对于非洲愉快的生活的记忆和对她母亲的记忆之间来回跳跃。这表达了对于过去生活的怀念和孩子对母爱的渴望。宠儿以肉身还魂后的独白(第 5 章)相对于前一章要有逻辑性一些,但它却远不如塞丝和丹芙的独白清楚明了。它展现了宠儿失去母亲和还魂后寻找母亲的历程。而这种缺乏逻辑性的独白正反映了宠儿神秘的身份。

丹芙解救塞丝的方式表现了真正的黑人女性观。她的内心独白有对母亲杀婴行为的惊骇,对外部世界的恐惧,对从未谋面的父亲的幻想,对拥有宠儿姐姐做伴的渴望。丹芙最后勇敢地走出家门请求邻居帮忙"驱鬼",塞丝在黑人社区的帮助下送走了宠儿,摆脱了历史的重压。这代表黑人单靠个人的力量是无法获得真正的自由与解放的。个人的价值标准要和黑人整个民族的价值标准统一起来,互相帮助和扶持才能摆脱悲惨的命运。

德莱塞(Dreiser,1871—1945)说:"美国这个国家只有未来,没有过去。"莫里森从现在的角度追溯和挖掘过去,通过学习直面过去奴隶制的"鬼魂"以让它安息。因为只有健康的社会才能正视历史,才能拥有未来。就像宠儿的内心独白含义深长,大段的内容没有一个标点符号,像黑人的音乐。宠儿的回忆变成了整个黑人民族的历史回忆,塞丝变成了无数被剥夺了爱的权利的黑人母亲的集中象征。宠儿最后的独白变成了一句一行,如同诗歌般的文字,使分别代表过去(宠儿)、现在(塞丝)、未来(丹芙)的黑人女性得以心灵的交流,以此看出莫里森积极的女性观,她号召黑人女性能够直面历史,重新找到自我,坚守黑人文化传统,增强群体的力量,从而走出奴隶制的阴影并最终获得精神上的真正解放。

第七节　美国华裔后现代文学作品中与中国元素共生的元小说叙事

一、美国华裔文学

近几年来,美国华裔文学(chinese american literature)引起了国内学术界的重视,华裔作家汤亭亭、黄玉雪、刘昌裔、谭恩美、赵健秀等人的作品被陆续译介到我国来,相关的评论日渐增多,但系统的理论研究尚不多见。美国华裔文学可以追溯到19世纪中英文发表的《英汉手册》,1882年美国的排华法案让华工长达61年禁止进入美国,所以真正美国华裔文学的发展是从第二次世界大战开始的。

在后现代语境下,美国华裔文学利用元小说叙事,探讨美国华裔所经历的东西方文化之间和中华文化内部的冲突,追寻其新的属性,即"寻找自我",也就是对身份问题的探寻和与美国文化共生问题。一方面,他们自认为是百分百的美国人;另一方面,他们又无法挣脱中国文化的影响,因此对自己的处境感到迷惑不解,迫切需要追寻一种新的身份和属性来适应其特殊的环境。在此过程中,他们逐渐挖掘出其先辈种种被埋没和被歪曲的历史,这些历史使得华裔认识到其先辈在美国的艰难处境,让他们知道华裔属性的真正含义,使他们在美国能够寻找立足之地,挑战和颠覆霸权话语。从华裔文学的发展可以看到美国主流剥夺少数族裔发言权的事实,看到熔炉理论的局限,也能认识到华裔文学是对美国主流白人文学中与华人生活题材相关的文学的抗议,看到西方文化殖民主义对异己文化的摧残。而通过华裔文学中对自我身份问题的探寻,使作为一种文学现象的美国华裔文学也反映了美国社会所发生的变化。后现代的美国华裔作家尝试运用美国主流文学的元小说叙事技巧来解构传统小说叙事形式,通过对自我身份的探寻来重构美国华裔历史,从而试图为艺术表现形式与艺术价值提出独特见解。对美国华裔文学的文学性研究,可以让我们反思在"可持续发展""全球化"与"和谐社会"的今天如何实现各民族的共同繁荣,如何在国际化的今天体现民族文化自信等社会关注的热点问题。

而当代美国华裔文学作为亚裔美国文学的重要一部分,当然也充分利用后现代元小说的技巧,如互文性、戏仿,来抨击白人种族主义强加给美国华裔的带有种族主义偏见和歧视的刻板印象以及华裔群体中的自我东方化的现象,以此来维护华裔的尊严与权益。经过在边缘和夹缝中的痛苦挣扎之后,他们逐渐发出自己的呐喊,构建自己的族裔,形成自己的文化。美国华裔文学便是他们呐喊的产物。它和其他少数族裔文学,如美国黑人文学和美国犹太文学等一样,内容丰富多彩,覆盖面广,涉及美国华裔生活的方方面面:从情感到经历,从期望到挫折,从欢喜到痛苦。同时,美国华裔文学展示了华人在信仰与白人价值观、传统白人文化与现代文明之间的矛盾和冲突中,寻找自我、身份和文化根源的经历,向美国社会传达了华人争取平等、反对种族和性别歧视的声音。这些也是美国华裔文学小说创作的出发点和基本主题,虽然导致美国华裔文学以边缘学科的姿态发展,但其研究逐渐呈现显学趋势,在美国,华裔文学已作为一门课程进入美国亚洲族裔研究学科的研究和教学范畴内。

张龙海在《美国华裔文学的历史与现状》中将美国华裔文学的主题分为四类。

第一类是以自传为主题的小说,通过自传形式,美国华裔叩开了美国的大门,描写自己身处双重文化之中的经历和感受,表达他们对美国主流文化的认同。一般认为刘裔昌(Pardee Lowe)的《虎父虎子》(*Father and Glorious Descendant*)是美国华裔用英语写的第一部自传,全书写的是作者的成长过程,表明父亲身上的中国文化与儿子身上的美国文化如何由冲突走向融合的过程。王玉雪(Jade Snow Wong)的《华女阿五》(*Fifth Chinese Daughter*)是知名度比较高的自传,也是美国华裔女性励志的经典作品,书中讲述作者如何摆脱父母和中国传统文化的束缚,追求女性独立,最后实现美国梦的过程。最有成绩的自传作品莫过于汤亭亭的《女勇士》,这是第一部进入美国大学文学课堂的华裔文学作品,被克林顿盛誉为"一部划时代的名著",书中描写的是汤亭亭与她的母亲、姑姑、姨妈、花木兰几代人的故事。

第二类是以华埠为主题的小说。美国的华埠成为白人游览观光的地方,在白人的眼中,华埠生活的人大都成帮派,或赌博、吸毒。赵健秀认为朱路易(Louis Chu)的《吃一碗茶》(*Eat a Bowl of Tea*)打破了白人设定的有关华埠的刻板形象,是"第一部以不具异国情调的华埠为背景的美国华裔小说"。小说展现了美国华埠从光棍社会到家庭社会的结构变迁。

第三类是以实现美国梦为主题的小说。美国梦是美国精神的一部分,想要融入美国主流社会的华裔当然也追逐这一梦想,但是在追逐美国梦的过程中,美国华裔又碰到归属问题。代表作品有任碧莲(Gish Jen)的《梦娜在向往之乡》(*Mona in the Promised Land*),描述了第二代华裔对自己梦想的追求,对于"我是谁?"的身份追求。美国华裔大部分作品都是以此为主题,李健孙(Gus Lee)的《中国仔》(*China Boy*)、谭恩美(Amy Tan)的《喜福会》(*The Joy Luck Club*)、伍慧明(Ng. F. M)的《骨》(*Bone*)等。

第四类便是戏剧和诗歌了,最典型的是赵健秀的《鸡屋华人》(*The Chickencoop Chinaman*)和《龙年》(*The Year of the Dragon*),填补了美国华裔戏剧的空白。诗歌方面则比较逊色。

"共生"(symbiosis)一词原为生物学术语,指两个有机体相互依赖、共同生存。20世纪末,美国学者大卫·科沃特(David Cowart)将"共生"概念引入文学研究领域。他视文学文本为"有机体",探讨文本之间的相互作用,并且划分了三种文学意义上的"共生关系"。本文借用"共生"的生物学概念和科沃特的文学共生观念,在美国华裔文学双重属性的视域下,以"中国元素"为着眼点,分析"中国元素"和"美国元素"这两个"有机体"以何种方式并存和相互作用;同时探讨含有中国元素的美国华裔文学如何作为"后文本"与东方的"前文本"发生关联与互动,以及这种互动体现的目的和意义。

二、文学共生与中国元素共生

"共生"一词源于希腊语,最早由德国生物学家德巴里(Anton de Bary)于1879年提出,指不同种属因某种物质联系而生活在一起。共生本是生物学上的特种同居现象,如共栖、寄生,但是随着生物学共生关系研究的发展和延伸,共生已超出生物学的范畴,广泛进入社会科学领域。

对于文学的共时性,学术界虽未有系统的论述,但是索绪尔(Saussure)在其名著《普通语言学教程》(*Course in Ceneral Linguistics*)一书中,提出了"共时语言学"和"历时语言学"的语言学理论,认为"有关我们的科学的稳态的一切都是同时的;

涉及进化的一切都是历时的"。艾略特也说过:"从荷马以来的整个欧洲文学都是同时并存着的,并且构成一个同时并存的秩序。"以此可以看出,在语言学界和文学界,共生并不是个陌生的概念。

而依据热奈特对文本分类的叙事学观点,科沃特将产生文学共生关系的双方描述为"前文本"(host text)和"后文本"(guest text),进而划分了三种文学共生类型。第一种是文学共栖(literary commensalism),即后文本获利,而前文本不受任何影响,主要表现为文学类别之间的转换,最常见的是将小说翻拍成电影。第二种是文学互利(literary mutualism),即前后文本同时获利,主要表现为类似小说中的互文关系。第三种是文学寄生(literary parasitism),后文本会"摧毁"并取代前文本,主要表现是小说中的戏仿。杨宗桦指出"文学共生"实质就是指研究文本之间的"嬗递关系和这种嬗递背后所隐含的时代差异",并以此揭示文学创作的不断创新这一艺术规律。所以文学共生可以是各类文学体裁并存,也可以是不同哲学观念下文学观的多元并存。在全球化的今天,文学的多元化不可避免,研究文学共生对于增加文学研究的科学性和客观性有重要意义,尤其是在多元文化并存的美国。

文学共生也可以看作是异域文学间的"共生",在后现代全球化语境下,共生让各国文学以不同形式并存,美国华裔文学就是其中的一个典型。虽然美国华裔文学是美国文学的分支,美国华裔作家笔下的中国文化是一种再创造,但在思想内涵及艺术表现上,美国华裔文学与其母体文化之一的"中国元素"有着割不断的联系。王绍平和邹莹认为,以"中国元素"为着眼点所探讨的文学共生存在于两层共生关系之中:第一层共生关系借助于生物学本身的概念,即"泛指两个或两个以上有机体生活在一起",探讨美国华裔文学中的"中国元素"和"美国元素"作为"有机体"的内涵以及并存的方式,揭示二者在共同建构美国华裔文学族裔性上发挥的重要作用;第二层共生关系借助于科沃特的"文学共生"观,具体分析运用了中国元素的美国华裔文学作品作为"后文本",与东方的"前文本"之间产生的互动形式,并论证这种形式作为展示华裔文学作品文学性的重要途径之一。就像生物学共生的关系,"中国元素"和"美国元素"共生于美国华裔文学内部,共同成长,不可分离。中国元素是美国华裔文学与生俱来的特征,无论在感情上还是文化身份上都紧紧依附着中国,是美国华裔文学的天生的烙印。纵观美国华裔文学,如果没有中国文化的支撑,他们的作品都很难立足,美国华裔作家的文学作品中或戏仿、或追忆、或引用、或借鉴,都有中国文化的影子。虽然第二代之后的美国移民已经美国化,看似远离母体文化,但是如何选取中国元素,如何讲述中国故事,如何让中国元素与美国元素共生,仍是美国华裔作家的艺术再创造的重要部分。

三、与中国元素共生的美国华裔文学

美国元素与中国元素共同参与了华裔文学共生模式的建构。美国华裔文学成长初期，为了吸引西方读者，作家们刻意选取具有"异国风情"的唐人街作为背景素材，如《华女阿五》并不排斥中国文化，反而为中国丰富的文化遗产而骄傲，而王玉雪的抗争"即使生为女人，我也不可只为养儿子而去嫁人。除了养儿子外，或许我有权要求得到其他一些东西。我是一个人，而不只是女人！"玉雪对于自己命运的抗争是美国元素的体现，她最后成为美国典型，是因为她根本于中国文化又吸收美国文化，这也说明了文化共生的好处。《吃一碗茶》中唐人街"单身汉"社会体现出标榜着"自由与平等"的美国社会，在特定历史时期对华裔在政治上的排斥以及精神上的歧视。第二次世界大战前的华埠住的几乎都是男性，中国女性很难融入美国社会，而华人又不能与白人结婚，因为种族歧视，与白人结婚的华人男性将失去美国公民的资格。这些男人的妻子都在中国，这体现了美国当时一种畸形的社会现象和种族歧视的戕害。美国华裔文学作品中的"美国元素"是美国意识形态的反应，反映在他们的作品中，当然不能只是传统的讲故事的方式，反传统的元小说叙事便成了美国华裔作家的选择。汤亭亭的元小说创作可以与美国本土作家相媲美；赵健秀崇尚个性张扬，自比关公，创作中戏仿、拼贴、历史编纂元小说，理念更是与众不同；任碧莲（Gish Jen）在《典型的美国佬》（*Typical American*）中开篇便说"这是一个美国故事"，因为即使他们认为典型的美国人自私自利，但是也想像他们一样能够追求自由。再看看美国华裔作家所精选的中国元素，《引路人孙行者：他的即兴曲》中的阿新、《唐老亚》中用眼神杀死敌人的"战神关公"、《甘加丁之路》中的"盘古"和"女娲"、《女勇士》中的花木兰，还有象征中国的图腾"龙"，象征全知全能的"观音"等。所有中国元素的运用都有极强的目的性和选择性，美国华裔不能在美国语境下讲中国故事，那么只能将他们精选的中国元素融入"美国故事"。

赵毅衡对前文本下了如此的定义："引文、典故、戏仿、剽窃以及暗示等是前文本中比较明显的类型……但它还是文本生成时受到的全部文化语境的压力，是文本组成无法躲避的所有文化文本组成的网络。"长久以来，华裔移民了解中国文化的主要途径是阅读中国文学经典，因此，华裔作家愿意用中国文学和历史事件作为前文本。看看"木兰"和"关公"的形象。"木兰"在战场上巾帼不让须眉，有勇有谋，思想开放，富有浪漫情怀。而美国的"木兰"为了分散好色地主的注意力以趁

机杀敌,敢于裸露自己的胸部。她向往爱情,在军营中结婚生子,安于战后回归家庭生活。"关姓工头"的"关公",虽然生活条件艰苦,但他热情、正直、充满阳刚之气。他领导华工们在不平等的环境下争取自身利益,向主流白人展示华裔"小人物"的自尊和自强。此外,美国华裔作品中还不乏对《镜花缘》《三国演义》《水浒传》等中国文学经典进行改写或戏仿的例子,华裔作家都会选择契合自己文本语境的中国元素以达到文化共生的目的。就像林英敏所说:"移民到其他国家去的中国人,不管是因为思乡、被疏远或是遭受压迫,总是坚守着从母国带来的习俗。所以当这种习俗在母国已经改变或消失时,它却仍在海外的华人社区继续。"华裔的元小说家们让这些看似荒唐的小说"情节"表达出华裔作家对母体文化无法割裂的"情结",在作品中也呈现出从"皈依旅居国文化到重拾中国传统"的趋势。

四、《女勇士》——与中国元素共生的历史编纂元小说

汤亭亭的《女勇士》是美国华裔文学史上的里程碑之作,这部华裔自传是用英语讲述的中国故事。有人说这部小说写的不是中国人的故事,而是美籍华人的故事,不过这也正表现出美国华裔作家小说中美国元素与中国元素共生的主题。另外,文化的双重性也使美国华裔小说家具有更为敏锐的洞察力,在文学创作上更有优势。而汤婷婷虽生活在美国文化环境中,但她的华裔身份决定了她始终无法避免中国文化的浸染。处于二元文化夹缝中的汤亭亭,在创作时必须寻找一种途径来实现不同文化和价值观之间的平衡,达到两种文化的共生。就像赛义德(Said)所评价的那样:"自从拥有记忆那刻起,我就同时属于两个世界,而不是只属于单纯的一个世界……因此,我们称自己为局外人,当然这里的局外是相对来说的,这样更容易方便我理解相关事情。"

在《女勇士》中,汤亭亭将众人所熟知的历史事实,如花木兰、岳飞和蔡琰的传说或历史记录做了大量的改写和拼贴。汤亭亭的历史片段并不完全是"事实",有道听途说,有第一代华裔移民对故国的回忆,也有当时的英语出版物中对中国的描写。整本书由五个相对独立的小故事组成,每个小故事中往往不止一个叙述者,多个叙述声音削减了历史叙事的权威性,让小说的文本充满"不确定性"。《木兰诗》中的花木兰替父从军、征战沙场、战功显赫,其巾帼不让须眉的英雄气概为世人所称颂。汤亭亭的《女勇士》则对人物性格进行了重新塑造。汤亭亭之所以选择花木兰做女勇士跟唐人街"宁养呆鹅不养女仔"的重男轻女的思想有很大关系。她将花木兰移植到美国文学中,必然要使得其更好地将当地美国文化以及自己的创

作理念结合起来。《女勇士》中的母亲英兰正是花木兰的化身，她追求自己的目标，努力求学，千里寻夫到美国，凭借自己的努力在社会中找到立足之地。作者也曾经幻想成为花木兰式的女英雄，杀富济贫、建功立业，尤其是当父母的洗衣坊被推倒重建为停车场时，两个花木兰都是被社会现实逼迫下所做出的选择。但是，两个花木兰也有本质的区别，古时的花木兰在战争结束之后，回到家乡因拯救被关押的小脚妇女而杀死地方官，这表明花木兰对不公平社会现实的反抗。而小说中的花木兰并没有像《木兰诗》那样追求牺牲自我，而是将目光集中在民族平等和性别平等方面。这也是因为小说的背景是美国，如果只是照搬《木兰诗》中的儒家思想，美国人肯定无法理解；而处在多元文化背景下的美国，花木兰的个人追求和美国文化也是截然不同的。因此，中国文化若在美国文学中再现，美国华裔作家对其改变是必然的。

所以在小说的第二章白虎山，便写了花木兰的故事。尽管中国女孩子向来被瞧不起，她们却听到很多关于女英雄和女剑客的故事，花木兰的传说就是其中之一。汤亭亭用全知视角来讲故事，而受到这些故事的启发，"我"决定"必须成为一名女武士"。故事的主人公"我"童年时深受花木兰传说的影响，决心长大后不当平庸的家庭主妇，而是要成为花木兰那样的女英雄，因此才在想象中让自己脱离平凡的生活，在一只神鸟的召唤下离开家乡，进入白虎山有了一番奇遇。汤亭亭把"我"进入深山之后的遭遇当作客观事实来描写。在这里，"我"变成了花木兰，女扮男装征战沙场，为受恶霸欺凌的父老乡亲报仇雪恨。真假花木兰来回切换，读者分不清跟随老神仙学习武艺的"我"与之前同母亲一起吟唱《木兰辞》的"我"是否同为一人，很显然，"我"与花木兰合为一体，也说明美国元素与中国元素相融合统一。一直到"我"凯旋归来，与父母公婆团聚，从此过上了美满安定的生活。这时，读者才明白，这个花木兰是吟唱《木兰辞》的花木兰。而生活在美国的"我"的一声感慨"我的美国生活是如此的令人失望"这句话让读者恍然大悟，花木兰英雄事迹不过是"我"的幻想，是一场美梦，现实是"我"实现自我价值的理想与所遭遇到的种族歧视与性别歧视相互冲突的困境。"白虎山"不是汤亭亭的随意描述，而是刻意创造。在中国古代神话中，"白虎"被看成西方的保护神，汤亭亭借用了"白虎山"暗示花木兰的故事已不是中国的神话传说，而是美国华裔的寓言故事。

《女勇士》将历史编纂元小说这一后现代元小说创作手段与中国传统的"讲故事"手法结合起来，对中国的历史人物或事件进行了大胆地戏仿、改编与重建，实现对传统历史文化的创造性改写。正如汤亭亭所说，美国华裔应该在传承前人文化的基础上，顺应新的时代潮流，构建起属于自己的文化体系，方能在美国社会确立起自己的族裔政治身份。

"中国元素"和"美国元素"这两个有机体共同作用构建了美国华裔文学的双重属性,突显了美国华裔文学的族裔性特点。探讨这一层面的共生关系,不仅有助于了解美国华裔作家和华裔移民在唤醒自身族裔意识道路上的挣扎、奋斗与发展,更有助于历时性地梳理美国华裔文学的历史脉络,进而突显美国华裔文学的长足进步及其对美国主流文学经典的重构。正如台湾作家陈若曦指出:"华裔文学在美国的出现,除了作家驾驭语言的能力和写作技巧外,更重要的是他们作品中的中国元素。"虽然仍以西方读者为主,但是中国元素的存在无疑是为美国华裔文学增添了"卖点"。就像已故吴冰教授的总结,美国华裔文学可以作为"反思文学"来读。通过了解中国传统文化对海外华人的影响,审视中华文化中的利与弊,进而更好的传承文明、发扬文化。

参 考 文 献

[1] BROWM G, YULE G. Discourse Analysis [M]. Cambridge：Cambridge University Press, 1983.

[2] EMMOTT C. Narrative Comprehension：A Discourse Perspective [M]. Oxford：Clarendon Press, 1997.

[3] FILLMORE C J. An Alternative to Checklist Theories of Meaning：Proceedings of the Annual Meeting of the Berkeley Linguistics Society[C]. Berkeley：Proceedings of the Berkeley Linguistic Society, 1975.

[4] GOFFMAN E. Framing Analysis：An essay on the organization of experience [M]. New York：Harvard University Press, 1974.

[5] LANGACKER R W. Discourse in cognitive grammar [J]. Cognitive Linguistics, 2001, 12(2)：143 – 188.

[6] MANDLER J M. Categorical and Schematic Organization in Memory：Memory Organization & Structure[C]. New York：Academic Press, 1979.

[7] MINSKY M L. Framework for Representing Knowledge：The Psychology of Computer Vision[C]. New York：McGraw – Hill, 1974.

[8] RIMMON – KENAN S. Narrative Fiction：Contemporary Poetics[M]. London：Routledge, 1983

[9] BRUCE B C, SPIRO R J, BREWER W F, et al. Theoretical Issue in Reading Comprehension [M]. London：Routledge, 1980.

[10] WERTH P P. Text Worlds：Representing Conceptual Space in Discourse [M]. London：Longman, 1999.

[11] 黄旦. 传者图像：新闻专业主义的建构与消解[M]. 上海：复旦大学出版社, 2005.

[12] 孙淑娟, 孙卓敏. 框架理论下的文学语篇分析[J]. 学园, 2015(1)：14 – 15.

[13] 李利敏. 动态情景观："情景框架理论"下读者对《小世界》中情景意义的建构 [J]. 西安外国语大学学报, 2017, 25(3)：82 – 86.

[14] 王潮. 后现代主义的突破：外国后现代主义理论[M]. 兰州：敦煌文艺出版社, 1996.

[15] KURT J V, POWERS K, JOHNSON A. Slaughterhouse – Five [M]. New York：Delacorte Press, 1969.

［16］HASSAN I N. The Postmodern Turn：Essays in Postmodern Theory and Culture ［M］. State of Ohio：Ohio State University Press，1987.

［17］VONNEGUT K，ALLEN W R. Conversations with Kurt Vonnegut［M］. Jackson：University Press of Mississippi，1988.

［18］ALLEN W R. Understanding Kurt Vonnegut［M］. South Carolina：University of South Carolina Press，1991.

［19］陈世丹. 美国后现代主义小说艺术论［M］. 大连：辽宁师范大学出版社，2002.

［20］埃利奥特. 哥伦比亚美国文学史［M］. 朱伯通，李毅，肖安溥，等译. 成都：四川辞书出版社，1994.

［21］罗小云. 拼贴未来的文学：美国后现代作家冯尼格特研究［M］. 重庆：重庆出版社，2006.

［22］冯内古特. 五号屠场：上帝保佑你，罗斯瓦特先生［M］. 云彩，紫芹，曼罗，译. 南京：译林出版社，1998.

［23］孙淑娟. 解读《五号屠场》中的黑色幽默［J］. 林区教学，2005（4）：35.

［24］孙淑娟，丛佳红，王晓姝.《五号屠场》的元小说书写［J］. 吉林工程技术师范学院学报，2013，29（10）63－65.

［25］杨仁敬. 美国后现代派小说论［M］. 青岛：青岛出版社，2003.

［26］LODGE D. The Art of Fiction［M］. New York：Viking Adult，1993.

［27］HUTCHEON L. A Poetics of Postmodernism：History，Theory，Fiction ［M］. London：Routledge，1988.

［28］CURRIE M. Metafiction［M］. London：Routledge，1995.

［29］CONRADI P. Contemporary Writers：John's Fowles［M］. Boston：G. K. Hall & Company，1980.

［30］WAUGH P. Metafiction：the Theory and Practice of Self－Conscious Fiction［M］. London：Routledge，1984.

［31］陈厚诚，王宁. 西方当代文学批评在中国［M］. 天津：百花文艺出版社，2000.

［32］陈世丹. 论后现代主义小说之存在［J］. 外国文学，2005（4）：26－32.

［33］陈世丹. 英国后现代主义小说详解［M］. 天津：南开大学出版社，2013.

［34］程倩. 历史的叙述与叙述的历史：拜厄特《占有》之历史性的多维研究［M］. 北京：人民文学出版社，2007.

［35］胡全生. 英美后现代主义小说叙述结构研究［M］. 上海：复旦大学出版社，2002.

[36] 高继海.英国小说名家名著评析[M].北京:中国社会科学出版社,2006.

[37] 李娜,马青.《法国中尉的女人》的互文性解读[J].短篇小说(原创版),2014
(7Z):41-42.

[38] 柯里.后现代叙事理论[M].宁一中,译.北京:北京大学出版社.2003.

[39] 洛奇.小说的艺术[M].王峻岩,译.北京:作家出版社,1997.

[40] 怀特.后现代历史叙事学[M].陈永国,张万娟,译.北京:中国社会科学出版
社,2003.

[41] 哈琴.后现代主义诗学:历史·理论·小说[M].李杨,李锋,译.南京:南京大
学出版社,2009.

[42] 福尔斯.法国中尉的女人[M].陈安全,译.昆明:云南教育出版社,2007.

[43] TROMBLEY L, ALAZRAKI J, TROMBLEY S. Critical Essays on Maxine Hong
Kingston[M]. Boston:Twayne Publishers. 1998.

[44] KINGSTON M H. Tripmaster Monkey:His Fake Book [M]. New York:Vintage
International,1990.

[45] KINGSTON M H, SKENAZY P, MARTIN T. Conversation With Maxine Hong
Kingston[M]. Jackson:University Press of Mississippi,1998.

[46] 孙淑娟.《引路人孙行者》对经典人物的元小说戏仿[J].长江大学学报(社会
科学版),2013,36(9):19-20.

[47] 方红.在路上的华裔嬉皮士:论汤亭亭在《孙行者》中的戏仿[J].当代外国文
学,2004(4):136-141.

[48] 韩彦斌.20世纪90年代中国小说的后现代主义审美特征[J].内蒙古师范大
学学报(哲学社会科学版),2008,37(6):51-55.

[49] 汤亭亭.孙行者[M].赵伏柱,赵文书,译.桂林:漓江出版社,1998.

[50] 张龙海.美国华裔文学的历史和现状[J].外国文学动态,1999(2):4-9.

[51] 王光林.认同的困惑与文本的开放:从汤亭亭的小说《孙行者》看后现代的互
文性[J].华东师范大学学报(哲学社会版),2001,33(4):25-32.

[52] 王晓琪.《孙行者》中"生民视角"的华裔身份建构[J].辽东学院学报(社会科
学版),2009,11(3)92-95.

[53] 周苗苗.《孙行者》的互文性研究[D].哈尔滨:黑龙江大学,2013.

[54] 王守仁.新编美国文学史:第4卷 1945-2000[M].上海:上海外语教育出版
社,2002.

[55] 吴冰.关于华裔美国文学研究的思考[J].外国文学评论,2008(2):15-23.

[56] 吴承恩. 西游记[M]. 北京:人民文学出版社,1997.

[57] BUTLER C. 解读后现代主义[M]. 朱刚,秦海花. 译. 北京:外语教学与研究出版社,2013.

[58] EVENSON B K. Understanding Robert Coover[M]. Columbia:University of South Carolina Press,2003.

[59] HUTCHEON L. A Poetics of Postmodernism[M]. London:Routledge,1988.

[60] MAZUREK R A. Metafiction, the Historical Novel, and Coover's The Public Burning[J]. Critique Studies in Contemporary Fiction,1982,23(3):29 – 42.

[61] MCCAFFERY, LARRY. As Guilty as the Rest of Them:an Interview with Robert Coover[J]. Critique Studies in Comtemporary Fiction,2000,42(1):115.

[62] COOVER R. Pricksongs and Descants [M]. New York:Plume,1970.

[63] SAVVAS T. "Nothing but Words?"Chronicling and Storytelling in Robert Coover's The Public Burning[J]. Journal of American studies,2010(1):171 – 186.

[64] 陈后亮. 历史书写元小说的再现政治与历史问题[J]. 当代外国文学,2010(3):30 – 41.

[65] 陈俊松. "故事里面"的"嬉戏":罗伯特·库弗访谈录[J]. 外国文学,2011(2):146 – 155.

[66] 陈世丹,孟昭富.《公众的怒火》:后现代神话与元小说[J]. 湘潭大学社会科学学报,2003,27(5):118 – 122.

[67] 陈世丹. 美国后现代主义小说详解[M]. 天津:南开大学出版社,2010.

[68] 怀特. 形式的内容:叙事话语与历史再现[M]. 董立河,译. 北京:文津出版社,2005.

[69] 何江胜. 后现代主义文学中的语言游戏[J]. 当代外国文学,2005(4):93 – 98.

[70] 库弗. 公众的怒火[M]. 潘小松,译. 南京:译林出版社,1997.

[71] 单建国. 从编史元小说的角度解读《公众的怒火》的悖论特征[J]. 浙江外国语学院学报,2016(6):67 – 71.

[72] 王岳川. 后现代主义文化研究[M]. 北京:北京大学出版社,1992.

[73] 张淑芬. 历史编纂元小说《公众的怒火》中的戏仿和拼贴[J]. 闽南师范大学学报(哲学社会科学版),2017,104(1):61 – 66.

[74] CARMEAN K. Toni Morrison's World of Fiction[M]. New York:Whitston Pub Co Inc,1993.

[75] MORRISON T, TAYLOR – GUTHRIE D. Conversation with Toni Morrison[M].

Jackson：University Press of Mississippi，1994．

［76］WILLIAMS L，GOGU G．The Artist as Outsider in the Novels of Toni Morrison and Virginia Woolf［M］．Connecticut：Greenwood Press，2000．

［77］荆兴梅．托妮·莫里森作品的后现代历史书写［M］．北京：中国社会科学出版社，2014．

［78］荆兴梅．托妮·莫里森三部曲的历史编撰元小说特征［J］．外国语文，2012，28（1）：30－34．

［79］帕林德．非洲传统宗教［M］．张志强，译．北京：商务印书馆，1999．

［80］申丹．叙述学与小说文体学研究［M］．北京：北京大学出版社，1998．

［81］孙淑娟，梁红．从性别语言变体看《宠儿》中的女性观［J］．赤峰学院学报（哲学社会科学版），2015，36（5）：172－174．

［82］莫里森．宠儿［M］．潘岳，雷格，译．南海：南海出版社，2006．

［83］王守仁，吴新云．性别、种族、文化：托妮·莫里森的小说创作［M］．北京：北京大学出版社，2004．

［84］赵宏维．托妮·莫里森小说研究［M］．北京：中国社会科学出版社，2015．

［85］COWART D．Literary Symbiosis：The Reconfigured Text in Twentieth－Century Writing［M］．Athens：University of Georgia Press，1994．

［86］LING A．Between Worlds：Women Writers of Chinese Ancestry［M］．New York：Pergamon Press，1990．

［87］YIN X H，DANIELS R．Chinese American Literature Since the 1850s［M］．Champaign：University of Illinois Press，2006．

［88］陈众议．经典的偶然性与必然性：以《堂吉诃德》为个案［J］．外国文学评论，2009（1）：17－30．

［89］董美含．"美国华裔文学"命名与界定的流变［J］．作家，2011（4）：2－7．

［90］陆薇．美国华裔文学对文学史的改写与经典重构的启示［J］．当代外国文学，2006（4）：65－71．

［91］王利民，文晶．华裔美国文学的历史及现状［J］．哈尔滨学院学报，2003，24（5）：101－107．

［92］卫景宜．西方语境的中国故事：论美国华裔英语文学的中国文化书写［D］．广州：暨南大学，2001．

［93］杨春．《女勇士》：从花木兰的"报仇"到蔡琰的歌唱［J］．外国文学研究，2004（3）：74－79．

[94] 王绍平,邹莹.美国华裔文学的中国元素共生论[J].外语与外语教学,2014 (5):78－82.

[95] 查鸣.戏仿在戏仿文学理论中的概念及其流变[J].济南:山东社会科学,2012 (5):50－54.

[96] 张龙海.透视美国华裔文学[M].天津:南开大学出版社,2012.

[97] 赵毅衡.论"伴随文本":扩展"文本间性"的一种方式[J].文艺理论研究,2010(2):2－8.

[98] 郑继明.从"花木兰"到"女勇士":中国文化在美国文学中的重造[J].长春:长春师范大学学报.2018,37(1):106－109.

结　　语

━━━◆•❖❖❖•◆━━━

1967 年,约翰·巴思写下了《枯竭的文学》,他认为当时的文学创作已经枯竭,而面临这种困境,文学家唯有而且必须向博尔赫斯和贝克特学习,对文学形式进行大胆实验,才能独出心裁、另辟蹊径,力挽文学创作于灭亡之边缘。而到了 20 世纪 80 年代,巴思在《大西洋月刊》上又发表了名为《复苏的文学:后现代主义小说》(The Literature of Replenishment:Postmodernist Fiction)的文章,声称元小说已经成为作家们努力的新方向。元小说质疑了现实主义小说的墨守成规,揭露了其虚构的本质,通过"侵入式叙述"、自揭虚构、自我暴露等手法显示出某种程度的真实,同时元小说不仅关注形式也折射自身,让读者在关注小说文本的同时思考社会问题。

元小说虽然对当代社会的文化和权力结构有明显的批判意义,其表现的"无深度性""无历史意识""无价值偏向"也的确起到解构真实、揭露虚构的作用,但是元小说自身的形式和内容都有其盲点和局限,有值得反思的地方。有一个问题是学界一直在讨论的,那就是,揭露小说自身虚构性的元小说是否就不再具有虚构性了呢? 柯里在《后现代叙事理论》(Postmodern Narrative Theory)一书中指出,"表现得真实的小说不会因为其了解真实和揭示真实而不带矛盾性"。因此,元小说也是"小说",也是一种"虚构",即使是自我反思的元语言,仍是虚构的。这一点,乔纳森·卡勒(Jonathan D. Culler)在《结构主义诗学》(Structuralist Poetics)中所举的奥诺雷·德·巴尔扎克(Honoré. de Balzac,1799 – 1850)作品的例子也可以说明这一点。巴尔扎克作品的"侵入式叙述"是为了揭示文学程式的逼真性,为自己作品的真实性做辩护,而元小说的"侵入式叙述"除了暴露文学程式的逼真性之外,更重要的是宣布自己的文本并非真实,而是虚构的。所以,二者的区别仅在于是维护真实还是揭露虚构。元小说质疑现实主义的成规,从而显现出某种程度上的"真实",但它自身也是虚构的小说文本,它的自我暴露和自我揭示也会陷入另一种"成规",当读者习惯了元小说的这种成规,它的"质疑"和"揭露"便没有了价值。

从前面的探讨我们知道,元小说是时代的产物,它的质疑精神和对传统的挑战让它本身变得晦涩难懂,这虽然对了文学评论家的胃口,但是对大部分读者而言却让小说的阅读失去了轻松愉快的感觉,这让元小说的读者层面相对狭小。而且,元小说是实验小说,有些作家过度沉迷实验和新奇,反而让小说偏离了作品本身,变得学术化,成为曲高和寡的"精英"。元小说作家们的语言迷宫、互文、对小说理论的探讨,对读者而言变得"遥不可及",因为文本过于碎片化,没有情节、没有意义、没有中心,就像巴思所说的,有些作品"必须要靠解说者、注释者和典故考证者的艰苦劳作才能使读者接近文本",这也就是间接拒绝了普通读者的理解。令人欣喜的是,元小说作家和理论家已经意识到这样的问题,他们开始寻求元小说发展的新方向,如前面分析的福尔斯的《法国中尉的女人》就是利用戏仿的形式将文学性和元小说的语言游戏相结合,既显示出作者极高的文学造诣,也赢得了读者的青睐。还有纳博科夫的《洛丽塔》(*Lolita*)、安伯托·艾柯(Umberto Eco,1932－2016)的《玫瑰之名》(*Il Nome Della Rosa*)都是经典的叫好又叫座的元小说作品。

兴盛一时的元小说到了20世纪80年代呈现出没落的趋势,王守仁在《新编美国文学史》中甚至提到,20世纪80年代后"实验主义与现实主义那种泾渭分明、势不两立的对立已日益淡化,实验主义小说表现出对现实生活的关注"。哈琴也在20世纪90年代的采访中说道,后现代"对以往主题和文本样式的戏仿式改写会继续下去,但是新的情况正在出现"。新的情况就是哈琴所说的传统文学样式的回归,如传记、回忆录、现实主义小说。所以马尔科姆·布雷德伯里(Malcolm Bradbury,1932—2000)在《90年代的写作》(*Writing in the 90's*)中总结道:"我们已经进入一个后现代主义之后的时期。"但是,这也并不意味着现代主义和其传统的简单回归,在经历过元小说深刻变革之后,在新的历史语境下,元小说所重建的价值必定会显示出新的内涵。诚如巴思在其作品中所述:"如果具有浪漫主义倾向的现代主义作家教会我们线性叙述、理性、意识、因果关系、幼稚的理想主义、透明的语言、天真的奇闻趣事,还有中产阶级的道德传统并非小说的全部,那么,20世纪的最后几十年的文学景观则告诉我们,上述东西的反面也不是小说的全部。断裂、共时性、非理性、反理想主义、自省式小说、信息与媒介一体化以及趋向于道德蜕化的道德多元化也不是小说的全部。"所以,元小说作为充满锐气与实验性质的小说文体,在未来必定会引起学界更多的探讨,在质疑中走得更远。